六爻肆·盛极而衰

Priest / 著

北京时代华文书局

图书在版编目（CIP）数据

六爻肆·盛极而衰 / Priest 著. -- 北京 ：北京时代华文书局，2019.2
ISBN 978-7-5699-0018-7

Ⅰ. ①六… Ⅱ. ①P… Ⅲ. ①长篇小说－中国－当代 Ⅳ. ①I247.5

中国版本图书馆 CIP 数据核字（2019）第 021016 号

六爻肆．盛极而衰

LIUYAO SI SHENG JI ER SHUAI

著　　者 | Priest

出 版 人 | 王训海
选题策划 | 赵　雷
责任编辑 | 张　科
特邀策划 | 码　码　李姣姣
装帧设计 | 商块三　西　少
责任印制 | 刘　银　姚　春

出版发行 | 北京时代华文书局 http://www.bjsdsj.com.cn
北京市东城区安定门外大街 136 号皇城国际大厦 A 座 8 楼
邮编：100011　电话：010－64267955　64267677　57735442
印　　刷 | 北京盛通印刷股份有限公司　010－52249888
（如发现印装质量问题，请与印刷厂联系调换）
开　　本 | 787mm×1092mm　1/32　印　　张 | 8.125　字　　数 | 139 千字
版　　次 | 2019 年 3 月第 1 版　印　　次 | 2019 年 3 月第 1 次印刷
书　　号 | ISBN 978-7-5699-0018-7
定　　价 | 55.00 元

目录

第一章

碧落黄泉

听说在那天夜里，西行宫门口豢养的深潭蛟死了一层。锁仙台的大殿被崩成了渣，困龙锁一撤，原地只剩下了一个空荡荡的台子，被瓢泼大雨一冲，流下来的水都带着血腥味。

十州山下的妖魔鬼怪们无头无尾地闹腾了一宿，各自为战，与山中修士们冲突了数场，打得昏天黑地，山林间的野兽望风而逃，山下无数村寨被波及，偏偏此事并非流寇与强盗作乱，官兵们非但一概不管，还得跟着老百姓一起逃命。

朝廷的反应不可谓不快，隔日天衍处便派了人来，可惜起到的作用也只是聊胜于无——出身名门的修士们自视甚高，哪个肯听朝廷调派？南疆那一群魔修们更是行事颠倒，人数众多，闹一场换一个地方，也看不出有什么诉求，完全就是纵着性子祸害。

天下盛景的十州山下遭了大难，有野殍千里、白骨遍地，尸毒与疫病污染的水源流毒甚广，无数凡人百姓流离失所。

各派修士打起架来不管不顾，来回引动天地清气，弄得当地五行混乱，时而发水，时而着火，晴空万里转眼间落了雪，雪里又长出被强催出来的夏花，病病歪歪地跟泥土里不明所以的寒蛩面面相觑。

阴阳颠倒了三四天，终于引来了天地震怒，一道神雷将锁仙台一分为二。

这仿佛预示着一个神魔混战、秩序崩坏的开始。

卞旭没有停留，从锁仙台上下来，就直接带人回了玄武堂，之后立刻宣布闭关，谁找也不肯再露面。

白虎山庄的庄主本人没出现，无论是暗访南疆，还是处理锁仙台上的事故，都只派了一干弟子与一个急了就骂人“龟儿子”的长老，一度甚至传出谣言，说白虎山庄庄主之所以不露面，其实是早就陨落了。

至此，当年镇守四方、如同四条天柱的四圣们陨落的陨落、沉寂的沉寂，随着他们黯然离场，一个漫长而平静的时代也随之消逝。

天下动荡，凡人与修士人人自危。

千丈高楼与笙歌不夜的繁华好像冰上一层华美而脆弱的浮

雕，一盆沸水泼上去，当即便化了个面孔模糊。

不过这些事，程潜都没顾上理会了。

当日他和唐轸离开锁仙台，在十州山山腰下的一座简易客栈落脚，头一回见识了什么叫作“被自己的真元反噬”。发作时，严争鸣额角跳出了几道青筋，几乎要破皮而出，他的手掌无意中握住石床的床边，压抑不住的痛哼从喉咙里溢出来，半掌厚的石头床被他一掌捏成了一堆碎石粉。

唐轸大声道：“小崽子们都出去，这不是玩的，没有元神的也躲远一点……唔！”

他话音未落，严争鸣身上突然爆发出一股锐利的剑意，来自剑神域的冰冷森然，任谁正当其面也受不住。唐轸一口气没上来，脸色难看地往后退了几步，伸手按住自己翻腾的胸口。

整间客栈摇摇欲坠，顶梁柱上“噗噗”几声，四溢的剑意悄然无声，只是稍稍擦边，就在木石上留下一道数寸深的口子。唐轸伸长胳膊一抓程潜的肩膀，枯瘦的手指狠狠地掐进了他肩头一处伤口中，程潜整个人一激灵。

“别愣着，我扛不住他的剑气，只能靠你，不能让他的真元全部流泻出来，否则不但他肉身撑不过困龙锁的伤，这方圆几里都得被他波及，谁也跑不了！”

程潜立刻回过神来，周身真元不遗余力地四散而出，将整个客栈包裹在其中，形成了一张看不见的网，把严争鸣反噬的剑气困在其中。可他本身就只会打打杀杀，此时内府时刻承受着来自剑修无意识的攻击，还要小心翼翼地不给对方伤上加伤，不过半炷香的工夫，程潜的额角已经见了汗。

严争鸣仿佛受着千刀万剐，脱力地躺在石床上，哼都哼不出声来。

他似乎是醒着，眼神却是涣散的，意识挣扎沉浮片刻，茫然不知自己身在何方，徒劳地用痉挛的手指在空中试着抓什么，自觉用尽全力，其实却只有手指尖微微颤动，毫无血色的嘴唇开阖了一下，似乎是叫了一声“小潜”。

唐轸双手掐了一个复杂的手诀，下一刻，程潜便觉一阵温水似的清风汩汩地自他身边流过，腰间伤口与瘀青顿时修复如初。那阵清风原原本本地没入严争鸣体内，严争鸣微微动了动，后背剧烈地起伏了一下，似乎是有了微许意识。

唐轸的脸色却像死过了一次一样，迅速灰败了下去。

唐轸趁他有意识，忙道：“严掌门，将你的剑气收一收！”

他们说话，严争鸣其实听得见，只是有心无力，他觉得周身每一寸骨肉都在遭着千刀万剐，心里茫然地想道：师父，练剑这么疼，我再也不想练了。

唐轸满头冷汗地转向程潜：“不能耽搁了！”

程潜咬咬牙，突然强行收紧自己的真元，硬将四散的剑气推了回去，剑气在看不见的网中来回冲撞，他只觉自己内府与气海间刀兵尖鸣，一时有种被万箭穿心的错觉。

等在门口的李筠只见屋里突然爆出一阵强光，紧接着窗棂巨震，随后漫上了一层冰花，冻得结结实实。

李筠将探头探脑的水坑往后一扒拉，一把推开冻挺了的客栈屋门——

程潜单膝跪在地上，紧紧地抱着严争鸣，一身破衣烂衫被血迹浸透了一半，湿淋淋地贴在身上，李筠肝颤地上前一步，轻声叫了一声：“小潜？”

程潜似乎想站起来，脚下却踉跄了一步，李筠忙冲进屋里，将他扶起来：“你也太玩命了！”

程潜一时间说不出话来。

“暂时没事了。”唐轸狼狈地站起来，深深地看了晕过去的严争鸣一眼，“剩下的看运气吧。”

他们没有在十州山久留，程潜只是稍微调息片刻，第二天一早，就借唐轸的飞马车返回了扶摇山庄。飞马体态轻盈，胆子很小，被车上两位元神大能吓得不肯跑，水坑只好亲自驾车，用两团彤鹤真火烤着马屁股，将两匹飞马赶得叽嘹暴跳，瞎家雀一样闷头乱飞。

唐轸早已经不耐劳顿，靠在一角睡了过去，他醒着的时候眉目温润、风度翩翩，睡着了却连气息都极低，周身散发着一种陈朽的鬼气。年大大在一旁“小鸡啄米”，六郎一声不吭，李筠则默默地靠着车门坐着，整个人被笼罩在一层说不出的心事重重的氛围里。

程潜抱着毫无知觉的严争鸣，靠着马车车壁，他从严争鸣的脸上看不出一点痛苦神色，师兄好像只是不耐烦听讲经，在云山雾绕的传道堂中打了个盹。

程潜想起自己小时候，师父让他住在清安居，是让他清静安神，少想那么多，那么……为什么让大师兄住“温柔乡”呢？

是早料到了师兄这一生，只有年少时片刻的无忧吗？

马车外风雨如注，彤鹤的真火像一盏摇摇欲坠的风灯，微弱地划过湿漉漉的人间夜空。

这时，一直望着车窗外的六郎忽然打破沉寂，开口说道：“我发现自己变成这副人不人、鬼不鬼的模样时，曾经一度不想活了。”

他几乎不在人前开口，久而久之，众人都怀疑他被魔修附身后坏了嗓子，成了半个哑巴。

“凡人没什么不好啊，”年大大打了个哈欠，略微清醒了些，接话道，“生老病死，田园家常，到老了含饴弄孙，最后和列祖列宗一起葬在祖坟里，来世又是一个爹疼娘宠的小婴儿。”

六郎被面具遮住的脸上看不出表情，只是沉沉地看了年大大一眼，低声道：“当凡人的滋味你不懂，你随意掐一个手诀，便引来风雨大作、洪水滔天，淹到哪里全然不管，山下的凡人呢，睡下的时候还好好的，早晨醒来一看，发现自己的家宅良田一夜间都毁了，一辈子辛苦置下这一点薄产，没了。”

年大大一滞：“这……”

“这些是比较幸运的，起码有命背井离乡，剩下的可能在睡梦中被塌下来的房子压在身上，可能被迸溅的刀兵误杀，或者拦了哪个魔修的路，死无葬身之地……回头大家只会说那一战谁胜谁负，哪里的英雄斩杀了多少魔修，其他的没人会提。”六郎低低地笑了一声，“就好像人走在街上，踩死几只蚂蚁一样，一般人不会特意去踩，可是踩死了也没人会注意。”

“这没什么，”李筠恹恹地说道，“众生皆为蝼蚁，一部分又要将另一部分人当成蝼蚁，好暂时忘却自己也是蝼蚁而已，人间喜怒哀乐从不由人,活一天受一天吧……你看我们家掌门师兄，跨入剑神域的剑修，别人见了都躲着他走，不也照样每天都活得很痛苦吗？”

“痛苦”两个字仿佛拨动了程潜一根神经，他低下头，执起严争鸣一只手，按在那微弱的脉门上，他从前感受得到大师兄的辛苦，却从未觉得这人这样脆弱过，脆弱得他只是在一边看着，心里就觉得坐立不安地难过。

程潜探了半晌，没有摸出什么所以然来，他自己一身寒凉的真元，又不敢随意探视别人内府，便也不管唐轸是不是睡着了，问道：“他到底什么时候能醒？”

唐轸闭着眼回道：“不知道，被自己内府反噬，再加上心魔作祟，没准一会儿就吐口血自己醒过来，或是永远醒不过来，就此折了也说不定。”

此言一出，马车中再次静谧，连聒噪的年大大都不敢出声了。

唐轸的乌鸦嘴再次好的不灵坏的灵，一行人回到扶摇山庄之后接近一个多月，严争鸣始终像个活死人一样。唐轸虽然嘴上没承诺什么，可大约还是觉得禁术是自己给的，应该负点责任，便带着年大大与六郎在扶摇山庄里住了下来，偶尔指导李筠如何构建加固山庄外围的阵法，隔几天看一看严争鸣的情况。

这日，唐轸轻车熟路地走进小竹林，端起桌上的凉水一饮而尽，对久候在一边的程潜说道："你七道天劫已过，肉身已成，干吗还把自己弄得这么清心寡欲？"

"习惯了。"程潜静静地坐在一边，过了一会儿，他又不知出于什么原因，补充了一句道，"我先前觉得，血冷了的人活得没什么滋味，现在看来，七情六欲太旺盛，也未必是好事。"

"我方才看见你们山庄又有人来，"唐轸说道，"你们这里最近是门庭若市啊——不过也是，各方大能都凋落得差不多了，你们师兄弟在锁仙台那场大闹，现在已经天下闻名了，值此乱世，大家对高手自然趋之若鹜。"

程潜眼皮也不抬，尖刻地说道："山中无老虎，猴子称霸王。"

他好像丝毫也不在意这话将自己一并骂了进去。

唐轸看了他一眼，说道："来人好像是白虎山庄的，你不去见一见吗？"

程潜漠然道："他们庄主自己都装死，来找我做什么？"

唐轸又道："好像还有天衍处的拜帖。"

程潜脸色蓦地一沉："天衍处来人一律打出去，再有不识相的，让他们有来无回。是改天还是换日与我有什么关系？”

有什么关系——韩渊出身扶摇派的事过不了多久就会天下皆知，到时候他们还想置身事外吗？不过严争鸣一直昏迷不醒，程潜也越来越焦躁不安，唐轸没有去触他的霉头，不再提这个话茬，上前将一缕神识探入严争鸣内府之中。

那位方才还满口“清心寡欲”的程大仙立刻急切地往前探了探身，问道：“怎么样？”

唐轸好一会儿没有吭声，程潜已经坐不住了，在屋里来回走了好几圈，几次三番想发问，又唯恐打扰他，自行都咽了回去。

好半晌，唐轸才收回神识，十分细心地将严争鸣的手拢回了被子里，面色有些凝重。

程潜忙道：“唐兄？”

唐轸沉声道：“我看……你还是将你师兄和师妹他们一起叫来比较好。”

程潜听出了他的言外之意，一时间呆在了原地。他从未感觉心里这样冰冷过，像是有人将他的胸口掏空了，塞了一把经年不化的冰碴，冷得鲜血淋漓。

大概五雷轰顶，也不过如此了。

唐轸为难地看了他一眼，说道：“小友，人间终有不顺意，也终有悲欢，你能清心寡欲百年，难不成还是看不破吗？”

“不……”程潜才吐出一个字，声音已经劈了，他有些茫然无措地在原地站了片刻，似乎想要上前一步，脚下却没站稳似的踉跄了一下，目光缓缓落在了严争鸣身上，有那么一瞬间，唐轸觉得他的眼圈红了——可是……一块玉也会哭吗？

天劫未曾撼动过的目光，也会慌乱吗？

然而程潜形如崩溃之状，只出现了片刻不到，唐轸还没来得及说话，程潜的眼神已经重新坚定了起来，他斩钉截铁地说道：“不，先不告诉他们，唐兄，你博闻强识，一定有办法。无论怎样都行，上穷碧落下黄泉，哪怕你要让我一命换一命都没问题……”

唐轸打断他道：“听听你说的什么混账话，这要是被你师兄听见了，非得先一剑劈了你，再劈了我。”

程潜不理会，用一种近乎逼人的冷静盯着唐轸说道：“我能将聚灵玉练成肉身，成千古未有人成之事，只要你给我指一条路，没有我做不到的事。”

唐轸直直地回视着他，程潜的目光没有一丝犹疑。

“上穷碧落……下黄泉。”唐轸忽然低低地将这话念了一遍，继而，他低低地笑了起来，“小友，世间师门情义深厚，固然是佳话，可也少见深厚成你们这样的。”

程潜不动声色道：“此地叫作‘扶摇山庄’，不叫‘世间’。”

“剑神域里面有多少步步惊心之处，你我这些局外人都体会不到，”唐轸不再纠缠方才的话题，说道，“他刚刚出锋，境界尚不稳定，就遭到心魔，已经是十分凶险，又擅用禁术——锁仙台上一战，你可看得出他强行拔高了多少修为？”

程潜道：“我也不比他高明，看不大出，只能大致估计……至少是一个境界。”

唐轸道：“不错，这好比借高利贷，他这是有借无还，剑神域中一步千里，反噬起来自然凶险。”

程潜立刻反应过来唐轸的意思：“所以只要他的真实修为追上借来的部分，就可以减轻反噬之痛吗？我的真元全可以给他，大不了我再去练一百年，反正天劫这东西也是一回生二回熟。”

唐轸闻言愣了愣，继而不由失笑道：“你当真元是碗饭，想拨给谁就拨给谁吗？别说你不是剑修，就算是，两个剑修的真元也不一定能相融。”

唐轸说到这里，叹道：“他若是想要过这一关，除非在肉身崩溃前能身入‘入鞘’境界——可你该明白，修行一事，厚积方能薄发，连善走捷径的魔道尚且无百日之功，何况他是个每进一步必经千锤百炼的剑修，绝无外物能助他修为，你我这些外力能做的事很有限，你就算有这个心，也没有这个力。”

程潜的眼神瞬间黯淡了下去。

第二章

死生之地

十州山下，严争鸣内府真元第一次反噬的时候，他是真不想活了。

一个人要是肉体痛苦到极致，起码还能晕过去，严争鸣自己虽然能痛快地晕过去，元神却一直醒着，和暴虐的剑气一起被困在摇摇欲坠的内府之中，既不能反抗，也不能逃跑——他内府中不但真元一片紊乱，还有一条困龙锁撞出来的裂口，含着煞气，全靠他那伤人伤己的剑气堵着，进退维谷。

他只好苦中作乐地沾沾自喜，心道：看不出我还挺厉害的。

然后他就结结实实地挨了自己“挺厉害”的一剑。

剑修的元神与剑气能合而为一，自然是同出本源，在他自己反噬的内府里，哪怕被扎成筛子也死不了。比较要命的是，他混乱的内府中不但有剑气，还有时而起伏的黑烟，正是他那遭瘟的心魔。

心魔刀枪不侵，无孔不入，时而从意想不到的地方冒出来，一旦逮着他的元神，就要上前狠狠蹂躏一番。

先将他拖进幻境，谆谆诱导，让他一时心想事成，给他好一番搔到痒处的撩拨，等他刚要小心翼翼地沉溺下去，那幻境立刻风云突变，有时幻化出师父，有时是面如冰霜的程潜，有时干脆是他自己，统一的神情与动作，指着他的鼻子喝骂一声："畜生，无耻！"

他这一分神，不免又要挨自己一剑，身与心一同痛苦不堪。这过程周而复始，没完没了。严争鸣痛苦地被自己的剑气反复穿透，面前程潜的幻影还向着他横眉冷对，那是个什么滋味？刚开始，严争鸣心想："活什么劲？自爆内府算了，一了百了。"

随即，他又每次都能艰难地清醒过来，想起以他的修为，一旦自爆内府，周身数里以内的人都得非死即伤，只好忍了。

他对着面前程潜的幻影苦笑道："你啊……就算有一天要害死我，我大概也只能自己躺下了。"

心魔听了，感觉该形象似乎没有达到既定用途，于是十分机灵地摇身一变，变成了严争鸣自己的脸。

严争鸣立刻变脸，嫌弃地将脸扭到一边："你就算了，还是自己上一边死去吧。”

久而久之，他被虐习惯了，心里反而升起了求生意志，心道：“我要是真死了，门派怎么办？师弟们怎么办？让小潜也感受一回我这一百年的痛苦吗？”

最后的念头一冒出来，严争鸣忍不住跃跃欲试地幻想起来——要是他就这么陨落在这里，程潜会因为伤心欲绝而永远记住他吗？虽然确实很痛苦，但一想起程潜以后无论是修炼、飞升，都甩不脱他的影子，严争鸣居然还有点小激动，仿佛是把百年的痛失报复回去了。

不过他往往激动不了多长时间，因为心魔会随时跳出来，提醒他是个无耻的畜生。

又过了一阵子，严争鸣发现元神能听见外面的声音了。

他知道这并不是个好兆头，元神越是虚弱，越是会被身体同化，也因此会接管身体的一部分六感，听见声音，代表他的元神快撑不下去了，然而尽管这样，第一次听见程潜的声音，他还是激动得差点被剑气从天灵盖穿到脚心。

但是很可惜，程潜不怎么说话——哪怕他一直都在。

最啰嗦的是水坑，严争鸣第一回知道，原来小师妹有对着什么“东西”自言自语的毛病——她每次都以“大师兄，虽然我知道你听不见”作为开头，然后喋喋不休，至少要说上一炷香的时间。从她嘴里，严争鸣知道自己回到了扶摇山庄，也知道程潜居然将他带到了小竹林，一直不眠不休地贴身照顾，连外面的局势和动荡，严争鸣都通过她事无巨细的描述知道了个详细。

相比之下，李筠就无趣多了，只会对着他唉声叹气。

只有偶尔唐轸来看他的时候，严争鸣才能听见程潜开口说上几句话。

姓唐的说要给他准备后事的那几句，严争鸣全然当成了耳旁风，他嗡嗡响的脑子里来回晕眩，终于只剩下了“上穷碧落下黄泉”这一句。

仅这一句话，一直在他周身萦绕不去的心魔纷纷褪去，仿佛被他痴呆似的傻笑吓飞了，四下翻腾的黑气顷刻间受到了神秘的重创，可怜巴巴的黯淡了不少。

“我的出息呢？”他神魂颠倒地想道。

可惜反噬的剑气不受影响，一剑将他那物我两忘的元神给钉在了原处，严争鸣的元神虚弱地趴在越发动荡的内府中，他轻轻叹了口气，苟延残喘地想道：“没白疼他，唉……我可以瞑目了。”

就连他自己也没留神，内府中困龙锁撞出来的裂痕竟然缓缓地愈合了一些。

扶摇山庄小竹林外。

水坑怀里抱着一把古朴的剑，正是程潜那把霜刃。程潜被绑到锁仙台的时候，霜刃被杨德成拿去了，之后混乱中辗转落到了白虎山庄手上，白虎山庄派人来示好，便将这把谁拿谁倒霉的凶剑送了回来。

水坑在小竹林外转悠了不知多少圈，时而变成人，时而变成鸟，尾巴上的毛都快被自己揪光了，也没想出应该怎么进去开这个头——头天唐轸从这里离开，派人给李筠传了信，说让他劝劝程潜，想开一点。

李筠心里可能是有什么不好的感觉，自己不敢来，便将她推来顶缸。

万一大师兄真的……

水坑从树梢上跳下来，站在那儿兀自发了一会儿呆，胸口突然后知后觉地弥漫开一股排遣不开的苦闷。大师兄动辄发作她，比什么都不好伺候，可她真的没法想象要是没有大师兄会怎样，只是一个隐约的念头，水坑已经觉得天都快塌下来了。她怔怔地站在那里不知多久，小竹林中的院门忽然被人从里面拉开了，水坑猝不及防，正好撞上了出门的程潜。

“小……小师兄，”水坑语无伦次地说道，“二师兄让我来把你的霜刃送回来。”

“哦，我差点把它忘了，”程潜将霜刃接过，看了她一眼，神色微微柔和了些，“送把剑而已，你哭什么？”

水坑一抹脸，这才发现自己不知什么时候竟然已经泪流满面了，她心里的恐慌和委屈一股脑地发作出来，哽咽着说不出话来。程潜一抬头，远远地看见李筠站在山庄的假山上，正面带忧色地望向这边。见他二人神色，程潜哪能不明白他们是什么意思？

他顿了顿，弯起手指轻轻敲了一下水坑的脑门，不慌不忙地低声道：“别哭，我不会让他出什么事的，你放心。”

水坑睁大了眼睛，泪眼蒙眬地看着他。程潜让开门，对她说道：“进去看吧，我正好有事去找唐轸。”

眼看他转身要走，水坑满脑袋的不开窍突然有如神助地冒出一句话，她脱口道：“小师兄，你千万别乱来，保重自己就是保重掌门师兄了！”

这超水平发挥的一句话将程潜钉在了原地，他心里一时不知是什么滋味，良久，方才低低地应了一声，没有回头。

哪里有七情六欲，哪里就有水深火热。

活着的滋味不外如是。

程潜很快找到了唐轸，唐轸仔细听完他的话，整个人都震惊了:“什么？他一个已经跨入剑神域的剑修,居然没有自己的剑？”

一把剑，剑身上无论有多少道不得了的符咒，锻造过程中无论熔入了多少不得了的法宝，内里无论封了什么大能大妖的魂魄，归根到底，都只是凡铁死物，能杀人，也能剁菜。只有刃下万千亡魂之血赋予其凶戾，执剑人的功法与剑法赋予其剑灵，因人的元神而生出剑之神韵，人与剑相互反复磨合锻造，才算能成就一把真正的与主人心意相通的剑。

其他道的修士也就算了，但对于一个剑修而言，他的剑太重要了。剑的属性通常决定了他本人的功法类别、五行属性等，一般剑修凝神后，第一件事就是要去寻找属于自己的那把命中注定之剑。没有剑的剑修无异于没有爪子的猛兽——如果严争鸣真的没有自己的剑，那么他是靠什么走到剑神域的？

唐轸半晌没回过神来：“他手里那把是什么？”

“普通的佩剑，凡人锻的，”程潜说道，“他小时候攒过一屋子，都挂在墙上当壁画，用断一把就换一把，可能连刃都是自己临时开的。”

严争鸣刚刚凝神那会儿，拖家带口，没有条件离开青龙岛，后来他又带着李筠和水坑浪迹天涯，要练剑、要养家、照顾师弟师妹，还要一直跟掌门印斗争，可想有多么分身乏术，身边又没有个靠谱的长辈照顾提醒，此事便一直搁置了。

“我昨天一宿想了无数种办法，”程潜说道，“对剑修来说，剑是我能想到的唯一外力，也是唯一能沟通他内府的媒介，恰好我师兄没有剑——唐兄，如果我能找到那把剑，他有没有希望直接入鞘？”

唐轸迟疑了一下，答道：“这我真是没有想到……你师兄他可谓是前无古人了，这种情况，若真能找到合适的剑，虽说不一定让他更进一步，却没准可以压制住他暴动的内府，只要人醒过来能自己调息，伤和心魔都可以慢慢养。”

程潜手心突然浸出一层汗，黏在霜刃剑柄上，转眼冻成了一层细碎的冰，他难掩急迫地问道：“这把剑应该到什么地方去找？此事我全无头绪，只好来请教唐兄。如果真能……真能……”

他险些说不下去，半晌，才声音发涩地说道：“请唐兄帮我这一次，程潜这条命就是你的了。”

“不不不，”唐轸连忙摆摆手，说道，“不过一些常识，你随便问一个活得够长的人，他们都能告诉你——此事一般而言并不是全无头绪的，否则剑修们不用干别的，只每天找剑就够了。通常，剑修不是平白无故入道的，入道时，周围一定有某种剑气接引，据我所知，大部分剑修的剑就是他入道时手上持有的那一把。”

程潜的眉头皱了起来：“我派弟子入门学剑的时候，用的都是木头削的无刃剑。”

唐轸问道：“那么他入道之处是在何处？”

程潜嘴里发苦，说道：“扶摇山，回不去的。”

此路不通，唐轸又问：“是谁引他入道的？”

程潜的神色愈加凝重：“我师父。”

唐轸也知道木椿真人早就魂飞魄散了。

“剑修入道时，接引他的无外乎以上三种——手中利器、天地灵物或是大能剑气，”唐轸摇了摇头，说道，“恕我才疏学浅，没听说过有第四种情况，他以木剑入道，显然不是第一种，那么他的剑应该是依托于扶摇山上的某种灵物……或是令师本人身上。”

话说到了这种地步，连唐轸都忍不住面露失望神色，刚刚提起的机缘与希望转眼又变成了不可实现的事，冥冥中好像是严争鸣命该如此。唐轸顿了顿，摇头道：“你……唉，你还是节哀吧。”

程潜愣愣地在原地站了一会儿，随后提起霜刃，转身便往外走去，唐轸连忙追出来道：“你干什么去？”

“去忘忧谷，那是我师父魂飞魄散之地。”程潜头也不回地说道，“再不行我就去找温雅，去白虎山庄，青龙岛旧址……哪怕是玄武堂，所有可能有我师父遗迹的地方，我都要挨个寻访。”

唐轸道：“你这和没头苍蝇乱撞有什么区别，且不说你师父有没有东西留下来，就算有，要是他的剑和你师父没关系，只在扶摇山上呢？退一万步说，就算你走了狗屎运，真的能找到，以他现在的光景，身体恐怕根本撑不过百天，你怎么来得及？”

程潜蓦地转过身来，有那么一瞬间，唐轸呼吸一滞，心里竟然升起某种隐约的畏惧，他甚至觉得程潜本人就是人形的霜刃，凛冽、凌厉、睥睨无双。

程潜背着光，一字一顿地说道：“我知道，可是谁让我不见棺材不落泪呢？”

程潜言出必行，从客房出来便径直去见了李筠，撂下一句：“我出去办事，百日之内一定回来。”

然后也不等李筠有什么反应，转身就走，等李筠追出来，早已不见了踪影。直到此时，李筠才第一次体会到大师兄当年在青龙岛上吵着要撂挑子回家的心情。

就在这时，水坑气喘吁吁地跑了进来：“二师兄！”

李筠没好气地道：“你又怎么了？”

“大师兄，他这里……”水坑伸手在自己的眉心比画了一下——严争鸣的眉心有一条狭长的暗红印，是他正被心魔所困的痕迹，水坑语无伦次地伸出两根手指一捏道，“突然短了一截！”

说短就短，当心魔印是根没熟的面条吗？

李筠翻了个白眼，正要训斥，却听水坑道：“我当时以为自己看错了，就说‘呀，大师兄，你的心魔印怎么好像变短了’，结果才刚说完，我眼睁睁地看着那条印子又短了一些，好像他能听见我说话一样！”

山庄里随着严争鸣的异状鸡飞狗跳，程潜却不知道，不过一日，他已经昼夜兼程地赶到了忘忧谷。

这一番大喜大悲，从发现希望到希望渺茫，实在让人心神俱疲，御剑而下时，饶是程潜修为高深、心志坚定，也不由得膝盖一阵发软。故地重游，他深吸口气，将起伏不定的心绪一并压了下去，大步往谷中走去——这山谷中似乎有某种禁制，霜刃刚刚靠近，就开始发出嗡嗡的尖鸣，剑身颤抖得他险些控制不住。

霜刃死活不肯往谷中走，好像极度恐惧什么似的，程潜只好御剑落地，下来自己走。他不由得想起自己头回来的光景，当时顾岛主派了一众修士前来寻他，那些高手们却都只敢在外围逡巡寻找，谁也不敢进入谷中。

程潜抬起头，只见忘忧谷仿佛一块天然的玉，远远望去，阳光下生出了一层朦胧而神秘的烟，不似人间。不知是不是他聚灵玉的身体过于敏感，程潜总觉得这山谷中有种不同寻常的气息。

良玉生烟，可望而不可置于眉睫之前也。

这忘忧谷整个透着一股邪门的气息。

上一次程潜进忘忧谷，他还是个什么都不懂的孩子，自己也不明白是摆了哪门子乌龙误闯的，这一次他有意识地往里走，却好像遇到了鬼打墙，在外围兜兜转转转了半天，始终又是回到原点。

当年师父的死对他打击太大，以至于后来他带着水坑逃出忘忧谷的那段路已经印象模糊了，只记得虽然跑得颇为狼狈，但途中似乎也就是野兽多了些，并不算特别凶险。可是此时，他那把凶戾无双的霜刃居然像绵羊似的伏在身侧，十分畏惧。

程潜默默地周转起周身真元，念起《清静经》，掐了个手诀，在眼周轻轻一抹，他眼睛里有寒霜一闪而过，一般鬼蜮伎俩在这样的元神之眼下必然无所遁形，然而程潜打量周遭，眉头却缓缓地皱了起来。

山峦如玉，丛林秀美——然而偌大一个山谷，既没有妖魔之气，也没有山川清气。这山谷太平静了，平静得近乎透出一股诡异来。

悄无声息，像一幅画。

程潜没有妄动，默默地在原地坐下，抱守元一，尽量将有些浮躁的心绪沉了下去，随即，一个疑问便浮了起来——他记得师父说过，师祖他们“一路从扶摇山打到了两百里外的忘忧谷”。

为什么是忘忧谷？

难道扶摇山地方不够大，不够那几位大能发挥？

程潜年少的时候毫无常识，对修行界里的一切两眼一抹黑，总觉得鬼都是走在夜路上撞上来的，直到他修出元神，又触碰到天劫，才隐约感觉到了某种无处不在的东西——好像世间所发生的一切都别有隐喻，合辙某种神秘的定数。

那么……“忘忧谷”有什么隐喻？

他当年误入忘忧谷，真的只是机缘巧合吗？

天色渐渐地黑了下来，山谷中暖玉之烟似的气息渐渐黯淡了下去，风中传来“沙沙”的声音，好像有无数人漠然齐整地从他身边走过。当最后一丝日光也落下山去的时候，霜刃突然毫无预兆地开始“嗡嗡”作响。

程潜蓦地睁开眼，却只见一个衣衫褴褛的凡人幼童不知什么时候出现在了他面前。

那小孩细胳膊细腿，一副没吃过饱饭的模样，只有脑袋显得格外的大，顶多七八岁的模样，咧嘴一笑还能看见嘴里漏风的乳牙。

他安安静静地蹲在一边，见程潜睁眼看他，便托起下巴笑了起来。

程潜在明明谷中的冰潭里闭关数十年方才破壁而出，身上自然带着寒冰不散、生人勿近之气，他要是不收敛气息，别说是凡人，就是一般修士见了也不免犯怵。可是眼前这凡人小孩却毫无畏惧之色，还好奇地伸出脏兮兮的手指，在那结满冰碴儿的霜刃上微微点了一下，可能是被冰到了，他龇牙咧嘴地缩回了手指，问道："秀才，你怎么一个人坐在这里睡觉呀？"

程潜顿了顿，说道："我不是秀才。"

"哦，那你是举人老爷吗？"小孩睁大了眼睛，"我爹说，只有读书人才穿你这样的长袍,乡下人要到土里干活,穿不起的。"

一个什么都不懂的乡下野孩，解释不通，程潜便没有多话，只冲他笑了一下。

小孩龇出一口豁着口的牙，说道："我叫二郎，你要进山谷吗？我家就住那边。"

言罢，他抬手一指忘忧谷的方向，程潜心里微微一动，忘忧谷里何时有了人家？再一看那孩子，程潜总觉得他身上仿佛有什么地方很不对劲，当即便站了起来，若有所思地跟着这蹦蹦跳跳的小孩往山谷中走去。

说来也奇怪，原本兜兜转转的路仿佛突然想开了，露出一条通顺的道路，痛快地将他们两人放了进去。二郎走路好不老实，时而要去扑萤火虫，时而蹲下摘花，时而捡起小石子往水沟里扔，时而用沾满泥巴的手抓住程潜的衣摆喋喋不休。

“我家以前不住这里，前一阵子遭了大灾，爹爹死了，娘不要我了，我便跟着爷爷还有乡亲们搬到了这里。”

程潜心里隐约有一个猜测呼之欲出，便问道：“什么灾？”

“不知道，”二郎说道，“我不懂呀，爷爷他们说是仙人降罚还是什么的，唉，仙人坏死了——举人老爷，你家住哪里呀？是当大官的吗？”

程潜一滞，小孩却也不指望他回答，说话间，毫不畏惧地抓住了程潜握剑的手，仰头故作老成地说道：“那你可要当个好官啊。”

程潜的手轻轻颤了一下。

他因为功法缘故，体温已经比正常人低不少，手中又握着霜刃这种极寒之物，饶是这样，却仍被这孩子冰了一下。程潜低下头去，二郎便无忧无虑地对他露出了一个无齿的笑容，只见那孩子不大能遮体的领口与袖口间有几块鲜红色的斑。

据说只有冻死的人身上才会有这种鲜红的斑。

一瞬间，程潜恍然大悟——唯有长眠之地，方能忘却俗世烦忧。

他脚步顿了顿，低声问道："你很冷吗？"

二郎听了，嬉皮笑脸地摇摇头："我还觉得热呢！"

程潜见他眉目安详，只是脸上似有青白痕迹。这时，远处传来一声苍老的低唤："二郎，快回家！"

二郎听了，立刻松开程潜的手，跳着脚道："来啦！"

他活泼地原地蹦了两下，对程潜道："我爷爷叫我了，举人老爷，你要去什么地方，再自己找人打听吧。"

说完，那小孩哼着不知哪里的乡野小调，蹦蹦跳跳地走了。

他身下没有影子。

"哎。"程潜忽然开口叫住他，二郎瞪着一双无垢的大眼睛回过头来。

程潜拄着亡魂无数的霜刃，沉静地站在原地，在氤氲夜色中，他就像一座眉目清俊的神像，"神像"开了口，轻声说道："我小的时候也叫二郎。"

一瞬间，他仿佛看见了无数喜怒哀乐后，命运混杂的分岔。

自从元神入驻聚灵玉，他再没有这样真切地感觉到人间悲欢的牵连。

二郎听了，惊奇地看了他一眼，抓了抓满头的乱发，笑嘻嘻地跑了。

程潜轻轻地吐出一口气，心里忽然生出某种渴望，如果世间真有亡魂之地，那么……他念头方起，整个人已经化成了一道影子，风一样地掠过秀美但死气沉沉的村寨，直入山谷腹地。

上一次在此间遭遇的虎啸猿啼、群狼环伺都不见了踪影，程潜隐约明白了，原来那些让他仓皇逃窜的饿狼与野兽，都只是他年少时“心有利器，手无爪牙”时一场虚弱的噩梦。

这一回，程潜没有再迷路，他很快找到了童如尸骨所在。

正值新月之夜，夜空如洗，不见婵娟，唯有群星万点，那经年的尸骨都仿佛带了一点说不出的宁静慈祥，看起来并不可怖。程潜几乎能感觉到霜刃与面前这具白骨之间隐隐约约的共鸣。

就在这时，眼前场景倏地一变，好像一道遮盖着什么的帘幕就此拉开。

一个声音轻轻地在他耳边诘问道：“你一生中最快乐是什么时候？最痛苦是什么时候？为何要走上这条路，这些年来可曾后悔？”

这声音无比熟悉，程潜却想不通在哪里听过，一瞬间，他看见自己那黄鼠狼师父抱着年幼的他冲进雨幕，口中还念念叨叨地不知在说什么，破庙中满脸灰的小孩懵懂地抬起头，手中还有一只刚刚磕开泥巴的叫花鸡……

长路一甩，蓦地到了扶摇山间，花团锦簇的温柔乡中，傲慢的少年人敷衍地指挥着小丫头给面前的小孩一人抓了一把松子糖，没有成人腰高的小程潜脸上的不以为然带在了眼角眉梢，刚一出门，便毫不在意地将那一包糖转手给了同样讨厌的师弟。

程潜鬼使神差地走过去，中途伸手将那包松子糖接了过来，含了一颗在嘴里，剧烈的甜刺激着他久不逢酸甜苦辣的舌头，几乎有些恍惚。

程潜不由自主地让过楼梯上的小孩，缓缓地向那满脸不耐烦的少年走去,看着他趾高气扬地将一干丫头与道童支使得团团转，心里某种东西突然决堤灭顶似的轰然将他淹没。

大师兄那时候人还没长开，骨架还带着少年人特有的细瘦，比同龄人略显迟缓的个头也堪堪只到程潜的嘴唇。程潜走过去，微微抬起头，下巴便垫在了那少年的头上，一瞬间，他眼前竟有些模糊。

这是他一生最快乐的时刻，也是最痛苦的时刻。

他心无挂碍地直面着自己，抱着最思念的人，清晰明了地知晓了自己一生所归，同时，也清楚地明白这一切都是假的，所有的希望都渺茫得仿佛日落时分那一线的天光。

年华流过，便是已经死了。

这时，耳畔突然传来一声叹息，程潜的怀抱蓦地空了，他抬起头，见诸多幻象消失不见，木椿真人不知什么时候站在了他面前，北冥君童如稍微远些，手脚被乌黑的锁链束缚，周身有一团白光笼着，白光中无时无刻不生出雪亮的刀剑，刮着他周身血肉，他却十分安宁地与自己的白骨并排而坐，并没见什么痛苦之色。

程潜一呆："师父？师……师祖这是……"

童如远远地冲他点点头，说道："罪无可恕，死后受刀山火海、千刀万剐之刑，看着不血腥吧？"

程潜震惊得说不出话，木椿真人冲他笑眯眯地招招手，感慨道："长大了也还是这副七情不上脸的鬼样子啊，一点都不讨人喜欢。"

程潜轻声道："像大师兄那样每天变着法地作妖闹人，难道就很讨人喜欢吗？"

木椿真人笑道："既然他那么讨人嫌，你干什么还抱着不放？"

程潜脸色微微黯了些，闭了闭眼，好半晌，才低声道："是，弟子放肆了。"

木椿真人的笑容渐渐淡去，想和往常一样抬手摸摸程潜的头，一抬起手来，却发现程潜比自己还要高一些，够起来居然有点困难了，一时间有些尴尬地停在半空。

程潜默默地将霜刃放在一边，跪了下去。

木椿真人问道："你怎会在这里？"

"忘忧谷是人间一死地，"远处的童如不慌不忙地开口道，"世间流离失所的魂魄大多会在此地徘徊一阵子，再各自散去，还有那不算生、不算死的，等在这里与草木共朽。按理说生人是进不来的，上次噬魂灯和我那两样大凶之物同归于尽时激发了他那半成的追魂符，因你已不算活人，他们两个小东西又还不能算人，所以被一起裹了来……这一回他已经不是凡尘肉身，当然能来去自由啦。"

程潜苦笑道："我魂在三界，身已在槛外，以后再没脸说什么'心为形役'了。"

木椿真人深深地看着他，问道："孩子，来忘忧谷做什么？"

程潜将前因后果原原本本地说了一遍。

"哦，"木椿真人脸上没什么表情，片刻后，他凉飕飕地一针见血道，“我还以为你是来上坟的，闹了半天是来挖坟的。”

程潜：“……”

虽然确实也是这么回事。

木椿真人将双手往袖子里一拢，哼哼唧唧地叹道：“唉，养个徒弟不如狗，长大都是白眼狼啊。”

童如却在旁边笑道：“着相了，我扶摇的剑修不以外物为媒，入门都是木剑，师父都是摆设，周遭当然也没有什么乱七八糟的接引……你若说接引，只有扶摇木剑法本身，怎么，你小时候被那木剑领入门的光景都忘了吗？”

每一个少年第一次拿起木剑，沉浸到那看起来很可笑的起手式中时，就会被木剑引领到其中的剑意之境。程潜心思急转，顿时明白了什么。

童如微微笑了一下，手上镣铐叮当作响，说道：“那就是了，去吧，以后不要再来了。而且下次你来，恐怕就见不到我们了。”

不生不死的，等在这里与草木共朽。

程潜忍不住问道：“师祖，你当年真的去过三生秘境吗？”

木椿真人的眼角微微抽动了一下，似乎被一句话提起了极痛苦的事。

“嗯，去过，”童如却神色不变，老僧入定似的说道，“我去问了徐应知，他卜给我三个大凶卦，还劝我顺应天命，老实点等死，我觉得这种朋友留着过年也没什么用，于是回去将掌门印传给小……你师父，自己下了不悔台。”

“不悔……什么？”

“‘有来无回莫回首，落子无悔不悔台’，哦，大家又把它叫作‘心魔台’，”童如说道，“扶摇山乃是一先天秘境，想必你也知道了，相传这秘境是当年一位飞升大能从三界外搬来镇守心魔台，并隔开人界与群妖的，我扶摇一脉就是奉命守关之人。”

程潜闻言呆住了：“真的？”

“多半是假的，大致和鸿钧开蒙、盘古开天差不多，只是故事，”童如笑眯眯地看着他，这万魔之宗笑起来的时候非但一点也不可怕，反而很是亲切，“可不悔台是真的，台上有一块逆天之物……”

程潜脱口道：“心想事成石？”

“唔，”童如一点头，“我进入三生秘境后，执念深重，走火入魔，冒天下之大不韪，徒步踏上不悔台十万零八千阶，将那块被扶摇山封了几千年的石头取出，又不顾四圣劝阻，以百万生灵为祭，对它许下不可赎之愿。”

他最后几个字居然有森然之意，程潜蓦地想起师父当初封北冥之魂时那句“你手中枉死的人”，心里不由一凉。

“你在谷外碰见的亡魂，推算起来，其实都是那一次种下的因，”童如苦笑道，“我罪无可赦，但也算是……私愿成真。”

程潜追问道：“当年是何人引你入三生秘境的？”

童如脸上并无怨愤，只说道：“遭报应的人。”

程潜还要追问，木椿真人却忽然叹了口气，打断他道：“小潜，天快亮了。”

东方已经露白，程潜蓦地一惊。

木椿真人看着他，笑道：“本还想着你能多留一会儿的，看来是不行了。”

先前还好，不知怎么的，此时程潜听见这一句话，眼泪差点掉下来。忍了半晌，他终于哽咽道：“我想天长地久地与师父留在这里，可还与一人有百日之约，万万不敢爽约。”

不远处童如露出一丝苦笑，像是欣慰，又像是追思起什么。

他忽然一抬手，周身锁链“哗啦”作响，那些加诸于身上的刀剑之气暴涨，将程潜硬是推了出去。

木椿真人的脸渐渐模糊，千里亡魂从他脚下飞快地掠过。

程潜一时间什么都不知道了。

第三章

剑成

程潜返回扶摇山庄的时候，就看见山庄里的佃户们都不干活了，一水探着头围观。

山庄门口人满为患，车水马龙，两排官兵并排而出，石头桩子一样一声不吭地守在门口，一辆车停在那里，拉车的马虽然在肉眼凡胎看来，与其他马匹殊无二致，程潜却一眼看出了那是两匹品相不错的飞马。飞马车前，还站着两个品相也不错的修士，全是元神以上，其中一个甚至还是青年面孔，周身有种独特的凛冽。

竟然还是个剑修。

山庄这些日子人来人往无数，都是李筠在处理，这些人本来也并不能吸引程潜驻足。让他将霜刃提起，人缓缓落下的原因只有一个——那马车后面跟着一水黑鸦一样的蒙面人，车上挂着一面天衍处的旗。

一位年长些的修士在叫门，说话很是文绉绉，摆完事实讲道理，说完天下说苍生，山庄守门的大约是水坑，门口的石匾上闪烁着彤鹤特有的三昧真火。水坑很会以不变应万变，无论别人如何说破大天，她就只有一句话：“请回吧。”

要不是程潜听出她的声音，可能还以为里面是个自动回答的傀儡。

年长的修士看起来有些一筹莫展，旁边那年轻的剑修将剑抱在胸前，不客气地开口道：“师兄，与他们废什么话，这些人在凡间藏头露尾，里面那什么剑修掌门想来也没什么本事，我看这山庄布阵之人恐怕还没有元神修为，便是砸开了，谁能拦得住？”

“闭嘴。”年长者皱眉打住了他的话音，刚转过身来想训斥两句，突然，他的目光凝固住了，手不由自主地按在了自己的长刀上。

年轻剑修随之将目光转过去，只见不远处一棵大树树梢上正站着一个人。那人脚尖轻轻地点在树梢上，袍袖随风而动，猎猎扬起，好像一面灰色的幡。

他们所有人竟不知道他什么时候来的。

正是程潜。

程潜微微垂着眼，神色漠然得不像活人。年轻剑修的目光落在他手中几乎被飘扬的袍袖遮盖的剑上，瞳孔不由自主地收缩了一下："你是什么人？"

他话音没落，程潜突然抬起眼。

不过转瞬，程潜已经从树梢上飘了下来，蓦地便到了那剑修面前，随即，一股寒意四下弥漫开来，他举手投足，无不肃杀，周围一干修士不由自主地退开了一大步。

程潜眼皮也不抬地冷笑道："你们堵住我家门口，还问我是什么人？"

年长些的修士闻言，忙上前一步稽首道："在下乃是天衍处司印吴长天，特来求见贵派掌门，不知这位道友怎么称呼？"

程潜早做好了万年唱黑脸的准备，当即道："天衍处是什么东西？不见，滚！"

话音未落，他一袖子已经甩出去，饶是吴长天躲得快，胸口仍然被一股孤寒冷冽的真元扫了个边，顿时感觉半个身体冻住了，接连后退好几步，狠狠地撞在了马车车辕上。

程潜冷冷地扫了他一眼："谁是你道友？"

"你！"年轻剑修暴怒，顿时要拔剑上前。

程潜手中霜刃"嘎啦"一声脆响翻转过来："想动手？那我

程某人倒是愿意奉陪一二。”

“程某人”三个字似有意似无意地说出，吴长天已经知道他是谁了，连忙喝住同伴：“游梁，退下。”

程潜嘲讽的目光扫过面前这群黑鸦一样的人，突然露出一个极尽刻薄的笑容，说道：“你们为了魔龙韩渊而来？”

吴长天将不情不愿的游梁推到身后，赔笑道：“正是，此人眼下已经有万魔之宗的趋势，一干藏头露尾的魔头全都供他驱使，若是我道中人再不能团结一心，恐怕世间将有大劫，那便……”

吴长天一抬眼，看见程潜充满讥诮的目光，后面的话竟一时说不下去了。

“魔龙韩渊。”程潜低低地重复了一遍这称谓，忽然笑道，“吴大人，你可知此人为何入魔？”

吴长天愣了愣。

“因为他在十来岁的时候，中了你们天衍处前辈周涵正的一封画魂，你可知道什么叫作因果报应？”程潜声音很低，仿佛面对这一群人，他连说话的力气都不肯多费，“大人方才说什么？你道中人？”

他话音突然转冷，霜刃“呛啷”一声出鞘，一道海潮似的剑气凌空斩过，在地上划了一道几丈长的弧线，站得近的几个天衍处修士全被他这一剑扫了出去，一时间人仰马翻好不狼狈。

程潜的目光比剑光还要冷上三分：“带着你的狗滚，敢踏入此线者，就等着下辈子投个好胎吧。”

就在这时，山庄的门“吱呀”一声从里面打开，水坑走出来，装模作样得仿佛像个大家闺秀，她冲外面的众人一敛衽：“三师兄，掌门师兄让你不要胡闹，快些进来——诸位，我们掌门近日闭关，不见外客，请诸位客人见谅啦，自便。”

听得出水坑也不习惯这么说话，她本是个漫山遍野扎着翅膀乱飞的野丫头，叫她去学人们那虚与委蛇的一套，实在是有些勉强，程潜心里微微转念，不由得暗叹口气。

门派凋敝，却偏偏总在风口浪尖上。

他冲水坑打了个眼色，留下了一个倨傲的背影，抬手将扶摇山庄的门封上，大步往里走去。水坑连忙大大地松了口气，小跑着追上来道：“小师兄，你怎么回来得这么快？找到让大师兄醒过来的办法了吗？我跟你说，他眉间的心魔印前些日子不知道为什么突然短了一些，你说这是好兆头吗？”

程潜简单地点了个头，说道：“嗯，我要闭关百日左右，最好别让那些人来打扰。”

“好的，我去和二师兄说，反正他鬼点子多，”水坑连连点头，忽然，又仿佛想起什么似的说道，“对啦，小师兄，你不知道，大师兄好像能听得见我们对他说话呢！”

程潜的脚步蓦地一顿。

水坑乐颠颠地接着说道：“你说我多去找他聊天会不会……咦，小师兄，你怎么了？”

程潜不由得想起他和唐轸在严争鸣床前肆无忌惮的谈话，莫名地有些心虚，他避开水坑的目光，伸手掩口，欲盖弥彰地干咳了一声：“没什么。”

在水坑诧异的目光下，这方才还拿着霜刃大杀四方的人突然面露尴尬，脚下如抹油，匆忙跑了。

第二天，扶摇山庄仿佛被头天纠缠不休的天衍处激怒了，整个山庄换了防御阵法，原本只是温和的防御阵中似乎有某种凶戾之物加入了阵眼，阵法顿时改天换日，隐隐地环绕着一圈逼人的杀气，肆无忌惮地四散出来，分明是要拒人于千里之外。

山庄里，霜刃高悬，正是此阵新换的阵眼。

李筠不由得擦了把汗，拱手对身侧的唐轸道：“全赖唐兄指点，多谢了。”

“李道友不必多礼，我只不过是动动嘴皮子而已，”唐轸说话间，目光从霜刃那雪亮的剑身上掠过，感慨万千地说道，“‘不得好死'之剑，大约也只有令师弟这样的人，才差遣得动这种不世出的凶器。”

李筠负手叹道：“我总担心他太过偏执强硬，过刚易折。”

唐轸笑道：“李道友也太多虑了些，修士与天争命，不执着的人大多走不长，他这样不到最后一刻都不肯放弃的人，岂不心性正佳？”

李筠眉宇间忧色更甚，说道：“修行什么的倒是其次，只是我担心，万一事与愿违，师兄他出点什么事，小潜会不会……”

唐轸听到这里，眉梢微微一抬。

会怎样？

然而李筠却又将下文吞了回去。李筠好像才意识到身边的人是唐轸一样，连忙显得有些魂不守舍地抱拳道：“唉，这话一说就多，都是我们门派中鸡毛蒜皮的小事，便不拿来搅扰唐兄了。”

唐轸道：“那倒无妨，只是程小道友一声不吭地突然要闭关，也不知道要干什么——哎，李道友，你说他总不会异想天开地打算自己造一把剑吧？万一他不成功，严掌门的身体恐怕也撑不了多久了，到时候李道友打算怎么办呢？”

李筠闻言，心里好像没有一点成算似的，在唐轸面前呈现出了一个真正的窝囊废，脸上写满了真正的六神无主，苦笑道：“这我真不知道……不瞒唐兄，掌门师兄就是我们的主心骨，现在主心骨倒下了，我们也就……唉，真是让唐兄见笑了。”

唐轸盯着他的脸看了片刻，只觉扶摇派众人中，若当真动起手来，这李筠可谓是最软的一个柿子，偏偏此人心眼多得好像蜂窝，又狡诈又多疑，两人你来我往聊了半晌，谁也没有试探出对方半点真话。

此时，回到竹林小清安居中闭关的程潜手中正拿着一把平平无奇的木剑，不过三尺长，轻得要命，木头纹路平和优美，看不出一点杀伐气。程潜站在严争鸣床头，想起水坑那句“他能听见”，便觉得自己应该对他说句什么，可有千言万语，他自行筛选一番，又不知说什么好。

程潜见他脸上有一缕头发，下意识地便想伸手拨开，然而不知道他会不会也有触觉，手便不当不正地停在了空中，良久，终于还是没敢落下。

最后，程潜公事公办一般地开了口，一个没留神，语气似乎比平时还要生硬些：“师兄，水坑说你能听得见，那我就长话短说了，过几天我神识可能要探入你剑气与内府，可能不大舒服，到时候你尽量不要阻拦我，赶紧让路，冷是冷了些，但活命要紧，听到没有？”

一口气说完，程潜仿佛完成了什么大任务一样，连忙定了定神，将木剑放在膝头，盘坐入定。

扶摇山庄统共那么几个人，严争鸣已经可以通过屋门响与脚步声来判断来人是谁了。

程潜消失了好几天才回来，严争鸣抓耳挠腮地想知道他去了什么地方，谁知在内府中等了半晌，就等来了这么一句冷冰冰的叮嘱，周遭心魔见缝插针地向他聚拢过来，化作百种程潜的模样，全被严争鸣的元神劈开了。

被要求“到时候闪开别碍事”的元神悲愤地想道：“都是什么混账师弟！”

就在这时，严争鸣敏锐地感觉到，自己周身仿佛被一股剑意包围了，那剑意如此熟悉，乃至于他闭着眼睛都能认出是什么。

扶摇木剑？

他心里跳了跳——小潜又打算干什么？

程潜收敛心神的速度极快，转眼已经将方才种种抛到一边，神识沉入了自己内府。他膝头的木剑仿佛被什么激发，缓缓地升到半空，悬在了程潜头顶，平平无奇的木剑身上忽然有股淡淡的流光扫过。

程潜的元神在自己的内府中手持一把幻化出来的木剑，像当年木椿真人教剑一样，极慢地将第一式“鹏程万里”走了一遍，木剑法一如往昔，渐渐生出与心境相合的剑意。

他一遍一遍地演练着第一式，穿过万般回忆，找寻当年初次练剑时的心境。

那时他刚刚入门，无意中被听不懂人话的水坑带到了后山云层之上，居高临下，见山间遗迹万千，听列祖列宗们传声千古，心绪蓦然开阔，正暗合了“扶摇”二字，从此一步踏入道门，只觉此间山高水长、气象万千，而他如好奇幼童，带着贪多嚼不烂的渴望，天真地四下拾遗……

不知过了几天，在内府中演练“鹏程万里”的元神动作越来越快，随着程潜心意而动的元神突然变成了他少年模样。

这一式剑意成了！

可是剑是活的，剑意也是无形的，这二者并无可依托之物，如何能注入木剑？

程潜归来途中就将这个问题仔细想了一遍，最后，这光棍不负众望地想出了一个非常凶残的办法——就在他的元神在内府中剑走如惊鸿时，“鹏程万里”的剑意已经被领悟到了极致，一瞬间，程潜内府中蓦地掀起一番暴虐的真元，径直卷向了他自己的元神，干净利落地将那元神连手带剑一同砍了下来。

那一瞬间的剑意还在元神之中，被程潜连着自己一部分元神一同割裂下来，抬手送入了他头顶的木剑之中，木剑尾部五分之一左右处开始发亮，好像被什么赋予了生命一样。

然而割裂元神——哪怕只是一小块，又岂是好受的？

程潜只觉得自己的内府与识海一时间痛苦地搅动起来，死死地将一声闷哼吞了回去，口中血腥味从喉咙直上，又被强行压下。

程潜毫不停歇，内府中元神摇身一变，被砍掉的手重新长出，掌中再次幻化出一把剑，起手第二式“上下求索”。

随后是“事与愿违”“盛极而衰”——青龙岛上受尽欺辱的五年，深埋地下的铜钱，那魔龙隔着万丈高空与他对视的一眼，身死魂消的顾岩雪，与草木共朽的童如……

转眼过了九九八十一天，最后一式的“返璞归真”，程潜依然不由自主地选了“枯木逢春”这一招，剑意竟从他的内府中直接穿过气海飞掠而出，倏地没入那把已经变得耀眼的木剑中。

一把春华顿如新裁，万物仿佛重新苏醒，自大雪封山中开始下一年的生生不息……

可惜这样的盛景只是一闪而过，下一刻，程潜毫不吝惜地切割元神的找死行为终于遭到了反噬，他头顶木剑陡然失去支撑掉了下来，同时，他一口卡在喉间的血呛咳而出，木剑上立刻染上了斑斑血迹。

竹林中，小清安居里所有花藤草木一瞬间全部枯萎凋零。

生机断绝处，剑成。

此时在严争鸣的内府中，四方心魔都仿佛被程潜那句硬邦邦的叮嘱镇着一样，全部漂浮在他元神之外，可是内府中周转的剑气并没有平息，此间主人无形的元神之力在竭尽全力地将它们拢在一起，下一刻，又会被剑气重新破开束缚，四散而去。

唯有端坐内府的元神岿然不动，哪怕千万条利剑穿身而过。

反噬的剑气与内府的主人持久而无声地较量着，严争鸣的元神面色平静，仿佛世间诸多事端，再没有什么能惊动他的。

修剑者以其身为利器，可不就是要千锤百炼，死地还生的吗！

哪怕行至天堑深沟，荆棘恶土。

然而这样的较量，却被一阵咳嗽声惊动了，那呛咳的人好像要断气，光凭声音都能听得出那人的狼狈。连日来，程潜一直悄无声息，若不是一丝若有若无的剑意始终缭绕在周围，严争鸣甚至以为他不在了。

程潜乍一出声，严争鸣几乎一哆嗦，平静无波了多日的心境突然升起焦灼，周遭凝滞不动、仿佛已经老实了的心魔渐渐扰动起来。

严争鸣猛地站起来，元神掌中化出剑影，先是将周遭裹乱的心魔之气强横地拨到一边，随即竟不管不顾地与混乱的剑气短兵相接起来。相安无事时，反噬的剑气尚且要自行波澜壮阔，此时更是沸腾不息。

严争鸣内府巨震，被困龙锁震伤的裂缝开始动荡，他却无论如何也抑制不住，说什么也要从内府中破出看程潜一眼。他太了解程潜了，此人逼迫不得，从不知迂回为何物，一旦有什么坎坷，他必然要剑走偏锋，你死我活。

然而就在这时，两根冰冷的手指突然在他眉间一点，一道透着无尽寒凉的真元开路似的蔓延了进来，顷刻间先将他被困龙锁锁住的裂缝冻住了，程潜略微有些沙哑的声音在他耳边响起：“凝神。”

严争鸣咬牙切齿道：“你又做了什么？”

程潜淡淡地说道：“剑成，一激动呛了一口。”

他听起来一点也不像刚才激动过的。下一刻，仿佛是嫌严争鸣话多一样，程潜寒冷的神识一股脑地卷进了剑修的内府中，程潜这种喜欢横冲直撞的人都不擅疗伤之道，严争鸣唯恐他受伤，拦也不敢拦，还要勉力试图约束自己反噬的剑气，将其一一收拢到自己身上。

然而随即，一股与那寒气完全相反的温和剑意，却顺着程潜的神识探入，不过片刻光景，那股润物无声的剑意已经与程潜神识分开，将严争鸣整个内府笼罩其中，此间飞扬的剑气同时放开严争鸣的元神，一时间几乎化身实体，千万把元神之剑飞掠而过，睥睨无双地冲向这入侵者。

严争鸣一惊，却听程潜依然不慌不忙地说道："没事，你让开。"

他话音未落，严争鸣的内府中蓦地生出一丝与这外来者如出一辙的剑意，细微、莫测，不似寻常刀剑的温和……却又无处不在。

正是他入门时窥见过的本源之剑！

大火抑或严寒，全都浇不灭荒原上轮回而生的细草与微风，只要第一棵嫩芽从风中落子降落皈依此地。木剑勾起了扶摇剑法中每一处心境，严争鸣眼前本能地闪过那一招一式，无锋的木剑中如包罗万象，他一时怔立原地，却已在转瞬间便将这百年光阴重新回顾了一遭。

本源剑意与木剑相遇，一道强光落在严争鸣伤痕累累的元神上。

这一刻，扶摇山庄所有的清气全如江河入海一般地涌入竹林内小清安居中，门窗桌椅震颤不已，那些在秋风中瑟瑟发抖的枯黄竹叶一时间竟仿佛重新焕发生机。唐轸第一个到了竹林之外，随后是水坑与李筠，水坑跑过了头，险些一头扎进小竹林中，被唐轸一甩袖子拦在了外面："当心点姑娘，眼下进不得。"

水坑吃了一惊,她方才飘到身前的一缕长发竟被削去了一半。

这仿佛焕发着无限生机之处，又蕴含着无处不在的剑锋。

严争鸣的内府中，一把平平无奇的木剑骤然贯穿无穷剑气，直入内府正中，如定海神针一般轰然落下，飓风卷起，混乱反噬的剑气来不及逃窜，已经被巨大的引力卷起，千万把元神之剑被那木剑一一收复，连成一线，以木剑为基，一股脑地落了下去。

剑光大炽，严争鸣的元神神识瞬间重新夺回内府，动荡顿消，而他却依然久久沉浸在那无穷无边的剑意中。

外放的锋锐剑气全被他收拢掌中，他心中无限戾气忽然归于宁静，一丝来自程潜的海潮剑意混杂在扶摇木剑之中。他仿佛身在沧海之下，深渊万丈、浪高千尺，猎猎的袍袖间有风雷涌动，一切却反而悄然无声。

原来这就是"入鞘"——三丈囹圄，跳出来看，其实也只是一方粗陋的画地为牢。

程潜当然感觉到了他的进境，当机立断将神识收回，一时长长地吐出口气，有些虚脱。他枯坐八十一天，眼角眉梢上都结了一层霜，那是他内息运转到极致的结果，小清安居中一片温暖如春，唯有他这里寒气逼人，胸口还有斑斑血迹。

这一番元神受损，可能还真要花一番工夫调养，但程潜心里有如巨石落地，反而开阔了几分。

因为他心甘情愿。

程潜扭头看了严争鸣一眼，见他依然没有醒过来，周身灰败之气却已经不见了，眉间暗红色的心魔印也淡得几乎看不见了，只有精纯的剑光一闪，随即又敛于不动声色中，出鞘时那股令人战栗的锋芒毕露一点都看不出了。

程潜异想天开，以木剑为基，竟然成了，想想都觉得不可思议，饶是他万事笃定，此时嘴角也不由得微微翘了起来，露出一个笑容。下一刻，元神受损的疲惫感不由分说地袭来，程潜忙伸手撑了一下，好歹没有当场趴下。

李筠的声音从门外传来，焦急道：“小潜，你怎么样了？”

“没事。”程潜忙深吸了两口气，勉强稳住自己声气，若无其事地应了一声道，“等等，我稍作整理。”

听他声音没有异状，李筠终于放下心来，长吁了一口气，他对水坑道："等那两人出来，我便撂挑子闭关去，一天到晚操心鸡毛蒜皮，我这修为没多少，皱纹都快长出来了。"

唐轸站得稍远些，竹林中那股奇异的剑意还没有散干净，他伸手接住一片翠绿欲滴的竹叶，抹掉上面的露水，脸色几变，末了落在了一个有些复杂的表情上，说道："无中生有，绝处进境……真是了不起，不愧是连天劫也毫不畏惧的人。"

程潜却远远没有他表现出的那么轻松，不便让李筠他们久等，他强撑着站起来，飞快地将一身狼狈的衣服换下来，继而有些吃力地掐了个手诀，将那一套血迹斑斑的衣服抹成齑粉，毁尸灭迹，又灵机一动，将摆设似的香炉点上，这才擦了一把脸上的冷汗，原地调息片刻，给李筠他们开了门。

胡乱应付完众人的探视与追问，程潜终于难以为继，转身往身边小榻上一倒，脑袋还没沾枕头，已经昏迷似的睡了过去。

同为剑修，此时，在扶摇山庄外三十里的镇上落脚的天衍处游梁看得分明。以游梁刚刚步入元神的修为，是看不出剑神域的修为深浅的，他只是深切地感觉到了那种剑意的强大，并为之深深战栗——充满战意的战栗。

这世上的剑修一百个，当中有九十九个都好战，剩下一位是严争鸣。

对方修为越高、手段越强，剑修的战意就越浓重，执手中利器，奋然以蜉蝣之身撼动大树，九死一生方才有所进益——此乃剑道。

可是说来也奇怪，严争鸣毫无好战之心，从他因剑入道的那一天开始，所有的修行几乎都是被迫的，偏偏是他，反而成了千载难逢的剑神域高人。

游梁纵身蹿上客栈房梁，远远地望着那朦胧的剑神域之云，年轻的眼睛里尽是跃跃欲试的光芒，身后却传来一声轻咳，游梁不情不愿地转过身，见吴长天缓步走上来，闷声道："师兄。"

吴长天望了一眼扶摇山庄的方向，没吭声。

游梁感慨道："真希望有一天能与这样的人一战。"

吴长天目光微动，片刻后叹了口气，说道："小梁，等魔龙之事平息后，你便自请闭关三百年，离开天衍处吧。"

天衍处中秘密太多，想要脱离，便要经过三百年闭关，过了保密期限，方才重归自由身。

游梁愣了愣："师兄……"

吴长天低声道："天衍处除了你，便没有第二个剑修了——剑修修行多苦，心志坚定、百年求索之心更甚于他道，天衍处中诸事庞杂，不适合你们修行，你天赋卓绝，不要耽误了。”

游梁皱皱眉，争辩道：“哪有那么严重，那个严争鸣还是他们扶摇派掌门呢，不也整天琐事缠身的么，照样进了剑神域啊！”

“你只见人家人前显赫，未见得背后受罪。”吴长天摇摇头，他这师弟入门不过百余年，求剑之心甚笃，天资卓绝，只是有点不通俗务，吴长天暗叹口气，回身遥望着夜色千里，便不由得多说了几句，道，“土蛟成龙，虽是走了魔道，却也不是不需要气数的，一副河山，两条‘真龙’，你说上谕为何？”

游梁吃了一惊：“师兄，你……你这可要慎言啊。”

“世间门派众多，可要说底蕴，没有一处比得上我天衍一派，”吴长天冷笑道，“世人皆以为‘天衍处’为高祖所立，殊不知我派在人间早有百代传承，曾与古派扶摇并肩而立。我们修道不为长生，只是防止那些呼风唤雨撒豆成兵的大能为祸凡人，人间改朝换代，我们修道宗旨却不曾变过——偏偏高祖以‘天衍处’为名，将我们推到风口浪尖，还招收了大量不知所谓的散修，当时我便不同意，奈何掌门一意孤行，说什么有身份好办事，真当自己有了些道行，便不是凡人了吗？还笃信周涵正等一干阴险小人，现如今……哼哼，堂堂天衍，倒成了他们帝王私卫、朝廷走狗！”

游梁惊疑不定地问道：“师兄，既然改朝换代不归我们管，为何此番我们要竭尽全力阻那魔龙？”

“你的经书读到狗肚子里去了，没听过‘狂风不终朝，骤雨不终日’吗？”吴长天叹了口气，“从古至今，你可曾听说过哪个魔修教派延续下去的？他们固然厉害，但盛极一时，衰落得也快，那些魔头我行我素，不管他人死活，他们未必是想要江山怎样——只单是为了祸害，任他们猖狂，岂不是要乱套？”

扶摇山庄上空的剑意逐渐浅淡，想必是被那不世出的剑修缓缓地收拢了回去，吴长天看得目光闪动，好一会儿才低声道：“当年的除魔人入魔，如今的卫道者无道——天衍与扶摇两处衰落，真是……罢了，我看他们掌门想必不日也要出关，到时候再去拜访一下就是了。”

严争鸣在入鞘之境里足足入定了一天一宿，方才将全部反噬的剑气安抚收敛，内府中被困龙锁震出来的伤立刻变得微不足道起来，真元无阻后，只一个周天便恢复如初，他内视其中，只觉连心魔都淡去不少。

不过心魔既已起，便难消，越是在意，就越是缭绕心头，倒不如顺其自然。

严争鸣睁开眼，揉了揉眉心，感觉随着境界的提升，他是越发想得开了。他觉得以自己的资质，恐怕未必会成为史上最厉害的剑修，能当个心最宽的倒也不错。

程潜托入他内府中的那把剑很特别，虽说师兄弟的剑都出于同源，但不同的人自然有不同的领悟，哪怕是同一个人，时过境迁后都有不同的角度。对程潜来说，他虽然以扶摇木剑入门，多年来却更偏向于海潮剑法一系，扶摇有扶摇的机变，海潮有海潮的无常，二者截然不同，然而纵深发掘，又有些相得益彰的感觉，严争鸣在归剑入鞘的那一瞬间，窥见了沧海浪潮下的剑意，当即有所感——若不是因为这个，他收拢剑气也没有这样快。

以及……

严争鸣觉得这可能是他自作多情的错觉，他总感觉那把木剑中仿佛含着程潜的一部分似的，因为那把木剑内里虽然是正宗的扶摇木剑剑意，却又有说不出的、包容的孤寒，既没有与周围同出本源的剑气融为一体，也没有很格格不入，那把木剑竖在他内府中，像一个尽忠职守的卫士，从不离开，却也不肯走进去。

太像程潜了。

严争鸣深深地吸了口气，发现室内竟然飘着一股淡淡的安神香气，只是香已经燃尽了，点香的人粗心大意没有换，门窗都敞着，室内只剩下了清浅的残香。他伸了个懒腰站起来，打算去将香续上，这一站起来，才看见旁边小榻上的程潜。

严争鸣的脚步方才跨出去，立刻又收了回来，好像受到了什么惊吓，怔立了良久，他小心翼翼地迈出一步，活像做贼似的往前凑了凑，发现程潜已经睡着了。

想必那扶摇木剑炼制不易，否则以程潜的修为，早已经不需要睡眠了。

程潜以聚灵玉为身，睡着的时候几乎就像是房中一个摆设，一点声息都没有，严争鸣先是蹑手蹑脚地走过去，走了两步，又自己直起腰来，感觉自己身为一派掌门，这样耗子偷油似的行为实在有些猥琐。

他故意碰出了些细碎的声响，走到程潜面前，可那人却完全没有被惊动一点。

严争鸣便弯下腰，注视着程潜的睡颜，两个人之间的距离极近，一时间，他心里忽然生出无限柔软，他总觉得睡着的程潜脸上有一种说不出的无邪。

严争鸣苦笑了一下，伸手轻轻地在程潜头上点了一下："'碧落黄泉'这种话也好乱说，你知道是什么意思吗？口无遮拦。"

想必上下三界，只有严掌门这么一位瞎得这样有特色，竟能从程潜那张冷脸上看出"无邪"二字来。

第四章

世道之手

程潜是那种夜以继日、一分一秒都不敢懈怠的人，已经不知多少年没有躺下睡过一觉了，他还做了一个很长的梦，梦见自己不是什么翻云覆雨的修士，只是个出身贫寒的落魄书生，宣纸受了潮，他也舍不得丢，展开晾了出去，吮开干涸的笔尖，残存的墨迹带着清苦的味道，有些窘迫的安闲。

对，他还应该有个布衣荆钗的妻子，成日里不是絮叨他东西随意乱丢，就是嫌弃他衣服换得不勤，那人没型没款地靠门边，端起他的茶杯数落道："你这澄茶根的穷酸。"

程潜头也不抬地回道："不正配你这倚门框的泼妇？"

"泼妇？"那人轻笑一声，"你怎不看看我是谁？"

程潜恍恍惚惚地抬起头，骚包似的白衣公子撞在了他眼里，一双桃花眼里充满说不出的笑意。程潜的心狠狠地一跳，倏地醒了过来，整个人有点找不着北。

他睁开眼呆了半晌，见窗外月色如洗，星河邈远，房中有一股透着秋霜的寒意，身上不知什么时候被人搭了一条薄毯，他一时间有种自己重堕凡尘的错觉。

严争鸣背对着他，懒洋洋地坐在门口，手里拿着一片竹叶，吹着跑调的小曲，好不扰民。

程潜在迷茫和混沌中沉默了足足一炷香的时间，被大师兄那旷世叶笛音吹得神魂颠倒，几乎想抄起香炉冲着他的后脑勺砸下去，梦里的悸动荡然无存，他忍无可忍地干咳一声，说道："能回你自己那边吹吗？"

严争鸣丧心病狂的叶笛声戛然而止，他没转身，只是用一种很平静的语气说道："我在这儿吹了三天，竹林里的虫子听了，都吓得拖家带口地跑光了，只有你充耳不闻。"

说着，他转过身来，面沉似水，一双眼睛深井似的沾满夜色，声音里压着一把火："别说元神修士，凡人也不能睡死成这样，那把木剑里到底有什么古怪？"

程潜面不改色地说道："里面有剑意。"

严争鸣眼角跳了跳："少废话，你当我探查不出吗？那木剑中分明有神识！"

程潜人醒过来了，神还有些困顿，结果听了这话，顿时给吓得清醒了。木剑中承载剑意的是他一部分元神，难道被发现了？可他这几天一直昏睡，神识应该不会随便动，大师兄有那么敏锐吗？

他眼睛眨也不眨地盯着严争鸣片刻，一时不知道对方是不是在诈他，于是不动声色地皱了皱眉，说道："木剑当然有神识，扶摇木剑的剑意本来就如同活物。"

这回程潜蒙对了，严争鸣的确就是在诈他。

很快，严争鸣就意识到了，他从程潜这儿半句真相也套不出来，于是愤怒地回身按住程潜的肩膀，一抬手捏住了他的下巴——程潜嘴唇泛白，昏睡三天后依然面露疲态，这分明是受了内伤。

严争鸣冷笑道："你不说，难道我不会自己看？"

他话音未落，程潜便觉得一线真元顺着他肩井大穴闯入了周身经脉，他元神受损，一身真元全都自动聚集在内府中疗伤，一时猝不及防，完全无力抵挡。那一线真元长驱直入，程潜忽然灵机一动，轻哼了一声，随后假装痛苦地弯下了腰……他真是一辈子都没这么机灵过。

像程潜这种人，哪怕天塌地陷，他也不见得会眨一眨眼睛，从小就是个打掉门牙和血吞的狠茬，因此偶尔表现出一点痛苦之色，就显得格外有说服力，虽然表演略僵硬，很多地方十分不到位，但架不住严争鸣擅长自己吓唬自己。

严掌门当场忘了自己正在“严刑逼供”，吓得立刻将自己那一丝真元散开，揽过程潜，语无伦次地问道：“怎么？我下手重了吗？”

程潜无意中开发出了一个对付师兄的新招，感觉效果超出预期，这样看来，苦肉计一出虽不适合时常使用，但关键时刻拿出来唬人也还挺有用，于是他干脆紧锁双眉，一声不吭地摇摇头。

严争鸣蓦地站起来：“我给你倒杯水。”

程潜将眼睛睁开一条缝隙，看准时机，将声音压在嗓子里，半含不露地说道：“其实我是去了忘忧谷，见到了师父留在那里的一线残魂。”

严争鸣一怔。

“用木剑承载剑意的方法是师父告诉我的。”程潜毫不负责地顺口一推二五六，反正师父死无对证，“并不是我自作主张。”

严争鸣快被自己的内疚淹死了，简直不敢看程潜的脸，此时哪怕师弟说月亮是方的，他也不得不违心地跟着深信不疑。

掌门的威严快把小清安居的院子都扫干净了。

程潜见自己三言两语便将大师兄打发走了，当即松了口气，感觉自己有生以来积攒的机变快要一次用光了。严争鸣将桌上的茶杯一一用白绢擦干净，才要往里倒水，程潜看着他的侧影，忽然心里一动——他想割裂的元神碎片和自己的神识之间，会不会有什么联系？

他这番心意一动，神识突然与一段奇异的意识连上了，程潜眼前一花，整个人仿佛分成了两个，一个在小榻上没动，另一个仿佛缭绕在扶摇木剑中，透过中正平和的剑风，能看清不远处缭绕着的一丝淡淡的黑气……

这时，严争鸣手中的杯子“啪”一下摔在了地上，修士感觉极其敏锐，别人多看他一眼都有感应，更别说内府被神识窥探，只是他一时没弄清楚来源而已。

程潜立刻察觉到自己是得意忘形了，连忙切断了这种诡异的联系，摆好若无其事的表情。

严争鸣皱了皱眉，挥手将地上的碎片收拾干净，狐疑地四下察看一番，没看见什么可疑的东西，便觉得自己是神经太过紧绷出现了幻觉。他重新给程潜倒了一杯水，放在小榻侧，想了想，还是多嘴道：“别让人担心。”

程潜抬头看着他，心里盘算着何时将他那不肯说的心魔底细摸清楚。

严争鸣与他澄澈的目光一碰，心绪却蓦地乱了，他连忙干咳一声，欲盖弥彰地说道：“单是你最不让我省心，万一出点什么事……九泉之下我怎么和师父交代？”

程潜心道：我用得着你交代？

他心里莫名地有些不高兴，可是不等发作，就听见严争鸣轻轻地叹了口气，程潜便又默默地将送到了嗓子眼的话咽了回去。

严争鸣一只手背在身后，几根手指轮番在拇指上点了一遍，尴尬的感觉还是挥之不去，他觉得自己和程潜之间不应该这样生疏，可是若让他问心无愧地去挨一挨、碰一碰，他又实在是做不到，只好干咳了一声，说道：“好好调息，我给你护法。”

说完，他兀自坐到了门口，魂不守舍地将方才丢在地上的叶片又拿了起来，也忘了嫌脏，当即要往嘴边送——不过哪怕他忘了洁癖，程潜却忘不了他的“仙音”，感觉自己再多听几次非得走火入魔、爆体而亡不可，连忙抗议道：“别在我门口吹！”

严争鸣：“……”

叶片上一只黑色甲壳的虫子缓缓地爬了过去。

就在这时，不远处传来脚步声，严争鸣一愣，抬头只见唐轸提着一个小瓷瓶走了过来。

“唐兄。”严争鸣将叶片扔下，站了起来。

“程小友醒了吧？”唐轸说着，将瓷瓶递了过来，“我这身体撑不了很长时间，明日就要告辞了，这些日子承蒙收留，唐某感激不尽，这瓶丹药治疗内伤有奇效，给小友留着用吧。”

严争鸣连忙道谢，唐轸却没有多废话，远远地瞟了屋里的程潜一眼，不咸不淡地点了个头，便转身飘然而去。六郎在竹林尽头提灯等着，唐轸接了他手中灯，叹道：“扶摇派……除了大能和大魔外，还容易出多情人。”

六郎默然不语，唐轸便低低地笑了一声，长袖一兜，将一只手背在身后，说道：“不过也是，修行多枯燥，若再无情无义，还有什么趣味？”

他低低地咳嗽了两声，六郎道：“唐前辈，你脸上死气越发重了。”

“唔，”唐轸抹了抹嘴角，“你我这样的人，就不必对谁痴心不悔了，自己先活下来就不错了——我听说年小道友想留下磨着严掌门拜入扶摇派，你就没有这个想法吗？我不是闭关就是游历中准备下一次闭关，恐怕没精力指点你什么功法。”

六郎脸上没了面皮，自然也就没了表情，是天生的喜怒不形于色，平静地回道：“我跟着唐前辈。”

唐轸摆摆手，不再多话，似乎六郎跟也好、不跟也好，对他来说都没有什么不同，他就是天地之间一蜉蝣，随水流来去无定数。说话间，两人行踪缥缈，转眼已经到了扶摇山庄外围，几个起落便不见了踪影，像两条鬼魅。

第二天清晨，严争鸣披着一身露水，先是似有所感地睁开眼，回头看了一眼程潜，见他还算安稳，这才朝一边的小竹林挥挥手，召唤出了一只面色凝重的二师弟："做什么？"

李筠低声道："天衍处那帮人又来了，上次你没醒，叫我推了，想必是一直没走，看见你突破出关便又来了。"

"天衍处？"严争鸣一皱眉，想也不想地说道，"小潜说了，打出去。"

李筠挖苦道："小潜要是说让你娶进来呢？"

严争鸣："……"

李筠叹道："掌门师兄，看不出你还挺有昏……"

"君"字没出口，严争鸣已经眼疾手快地弹出了一道封口诀，堵住了李筠的乌鸦嘴。

李筠出不来声，只好一阵憋屈地挤眉弄眼，感觉自己在"后师兄"手下，过得比那穿芦花衣的孤儿还苦楚，好似一棵烂在地里没人管的小白菜，不由得愤愤地想道：我就应该领着水坑离家出走，浪迹四海要饭去！

程潜听见了这番话，当即睁眼道："大师兄，上次是你那边危险，我又打算闭关炼剑，这才不由分说地将他们赶走，既然他们等了这么久，我看还是见一面吧……嗯，二师兄你怎么了？"

严争鸣弹指解开了李筠的禁制，李筠咳得脸红脖子粗，却仿佛找到了底气一样，对严争鸣嚷嚷道："听见没有？听见没有！"

严争鸣冷声道："我听见'天衍处'三个字就来气，干吗要见？"

程潜顿了顿，将他在忘忧谷中遇见童如和木椿真人的事简略说了一遍，末了道："师祖说当年勾引他入三生秘境的是'也遭到报应的人'，虽然没有点出，但我总觉得他说的就是天衍处，天衍处的底蕴应该比看上去的深得多。"

李筠听完前因后果，不由得皱起眉："百万人命……师祖是这么说的？"

程潜问："怎么？"

"你这些年一直在闭关，可能不大清楚外面的事，"李筠道，"但是据我所知，近两百年中，并未发生什么特别大的天灾人祸，哪怕前些年安王叛乱，也是风声大雨点小，绝没有到流血漂橹的地步……这百万人命作何解释？难不成……"

程潜目光一沉："师祖仅剩的一魂现在仍在服刑，扶摇山的封山令仍然没有打开，如果师祖对那块石头许的愿是'门派复兴'，那现在等于没有实现，也就是说……所谓百万人命的代价也还没有付出，会是韩……"

他这话没说完，外面原本万丈的晴空突然阴了下来，四方的乌云好似大抹布一样侵袭而来，当中隐隐有雷声涌动。

严争鸣冲程潜竖起一根手指："你少说几句，不要妄言天机。"

程潜目光微沉，这恰恰代表他说中了。

严争鸣沉吟片刻，站了起来："出去会会他们。"

"大师兄，"李筠忽然叫住他，"如果……真应在韩渊身上……"

外面一道闪电落下，将李筠的脸映得雪白。

李筠颤声道："……你怎么处置？"

你会冒天下之大不韪包庇他吗？还是不顾年少时出生入死的手足之情，按着那久远得近乎有些魔性的门规处置他？

严争鸣脚步一顿，沉吟半晌没有说话，无处而起的风卷起他的袍袖——他摆谱的时候、无理取闹的时候、乱发脾气的时候都一点不像个掌门人，唯有这一刻，他的神色在进退维谷间，郑重得与千百年来扶摇山上的列祖列宗如出一辙。

严争鸣没有回答，只是摇了摇头，转身走进了山雨欲来的天幕之下。

吴长天为表诚意，将一干手下全都留在了山庄之外，只带了游梁一个人走进来，姿态放得很低，水坑将茶水倒好放在两人面前，撂下一句“客人请稍候”，便不再吭声，退到一边，专心致志地当起了壁花。

她虽然不吭声，吴长天却在打量着她，吴长天当然看得出这姑娘不是纯粹的人，修为也不算很高，但以他的阅历修为，却能隐约感觉到她身上某种磅礴得可怕的力量，被什么牢牢地压抑着。

吴长天忍不住低下头看着自己修剪得十分平整的指甲，心道这扶摇派一度血脉断绝，百年杳无声息，传承却如千钧缀着的一发一般，虽然岌岌可危，但始终没有断，反倒是天衍，看似空前壮大，内核却已经腐朽得难以为继。

究竟是谁比较可悲？

这时，一阵被刻意放重放缓的脚步声传来，游梁握剑的手陡然紧了，抬起头死死地盯住面前这位剑神域的剑修。

严争鸣的目光漠然地从他脸上扫过，几乎没有停留，缓步走向主人的座位，没有主动打招呼，只是低下头整了整自己那雪白无尘的袖口，随即，他也不吭声，抬头看了一眼水坑。水坑训练有素，立刻收到了指示，迈开小碎步捧上茶水，将茶盏放在了桌上一处刻了符咒的托盘上，“叮”一声轻响，那杯茶碰到符咒顿时冷了下来，杯子外壁结了一层细细的水汽。

严争鸣这才端起来喝了一口，手中的扇子轻轻敲打着旁边木桌，有些怠慢地开口道：“天衍处从来不是我们的朋友，二位大老远地赶来，可谓是黄鼠狼给鸡拜年，安的什么好心，且说出来让我们听听吧。”

游梁惊呆了，他活到这么大，就没见过这种德行的剑修……偏偏此人修为却又是他见过的最厉害的一个，让游梁不由得怀疑起来从小到大受过的教育——难不成什么剑修“锻体克己”都是不对的？

一瞬间，他觉得自己手中之剑都不神圣了。

严争鸣这番话毫不客气，也亏得那吴长天功夫深厚，没和他一般见识。吴长天不动声色地从怀中摸出了两枚一寸来长的小印，印石看来都有些年头了，其中一枚乃是雪白的芙蓉石打造，乍一看白玉似的干净透亮，另一块通体乌黑，上面刻了个龟身蛇尾的祥瑞，不必翻看印章字迹，也知道此物出自何处——极北冰原玄武堂。

严争鸣眉尖一挑，也不伸手，只动了动嘴皮子：“这是什么？”

“这是白虎山庄庄主，与玄武堂堂主二位前辈嘱托我交给严掌门的，”吴长天说道，“说是你见了就知道。”

这私印里装的恐怕不是别的，就是地锁中另外两把密语钥匙了，严争鸣不用看也猜得出来。他将茶杯放在一边，皮笑肉不笑地说道：“那你们这是利诱？说句不客气的，这东西本身就是我派寄存在四圣手中的，现如今不过是物归原主，我若是伸手要，谁还敢不给？”

严掌门的眼睛不见得会说话，但肯定很会骂人，他眼神一扫，便让人清清楚楚地懂了他的意思——哪个要你们狗拿耗子，多管闲事？

当今世上，纵然四圣式微没落，谁又敢这么不将他们放在眼里？可此人竟敢当着卞旭的面杀他长老——吴长天苦笑了一下，感觉和这种人打交道，比面对那些老奸巨猾的还麻烦。

“你……”游梁几欲暴起，被吴长天一掌按回了原位。

“不敢，严掌门言重了，”吴长天近乎低声下气地说道，“在下只是将东西顺便带来，不敢居功，与严掌门这样的人谈‘利’，岂不是侮辱你的人品？”

严争鸣大尾巴狼一样地没接话——在这方面，吴大人终于二五眼了，严掌门当了这许多年的“捞钱公子”，压根没啥“人品”可言，非常欢迎别人给他带来这种侮辱。严争鸣拿起那块玄武印章把玩了片刻，见底下刻的乃是“卞旭私印”四个字，不咸不淡地开口问道：“对了，你叫什么来着？”

游梁脸都绿了，吴长天却涵养极佳地答道：“在下姓吴，上长下天。”

“哦，吴道友，”严争鸣掀起眼皮看了他一眼，忽然说道，“我有一个事，一直困惑了很多年，还请吴道友为我解惑——你说顾岩雪那种天下为公，唯恐别人占不着自己便宜的人，周涵正究竟为什么要设毒计杀他？”

青龙岛一役，看似是白稆与唐尧联手逼迫顾岩雪，周涵正只是带着他的黑衣人煽风点火而已，可后来琢磨起来，里面处处透着天衍处的影子不说，那些中了画魂的人也完全就是周涵正的手笔。

游梁神色有些疑惑，看起来不大明白他在说什么。

吴长天的脊背却蓦地一僵，双颊一瞬间绷紧了。

严争鸣似笑非笑地扫了他一眼，指尖在印石上轻轻一弹，发出一声轻响，他翻来覆去地打量着自己那只手，可能感觉自己还缺个珠宝玉石的扳指，在拇指上比画了好几下，才漫不经心地说道："当然，若是什么朝廷秘辛也就不必说了，这一百多年我快过糊涂了，你们那儿皇帝换了几个了，还是当年那家人吗？"

就在严争鸣以为吴长天什么都不会说的时候，吴长天却忽然开口道："顾岩雪是在周涵正的一力主张下，由天衍掌门亲自签下的诛杀令。"

严争鸣动作一顿："哦？周涵正不是一直挂名青龙岛么？就从未感念过他们那冤大头岛主的知遇之恩？"

吴长天避开他的视线，目光落在窗外宁静的院落中："正是因为他做了这左护法，才清楚讲经堂一日大似一日，对天下修士的影响已经超出了控制。"

这世上有几个人能有机缘入那些名门正派？偌大九州，说得出自己出身门派的修士凤毛麟角，大多数走上这条路的人，都在自己辛苦摸索。对于那些刚刚入门的散修，或者干脆入不了门的凡人来说，他们怀揣信念，但拜师无门，青龙岛的讲经堂就是唯一的希望。

"顾岩雪身为四圣之首，声望已经高到了极致，修行中人大多无君无亲，'师'字仅次于天地，你便知道'天下座师'这四个字意味着什么了。"吴长天眉目低垂，一瞬间竟然露出了几分不合时宜的慈悲相，"只要他顾某人振臂一呼，那些受过讲经堂恩惠的大小修士们便能替他荡平天下——这太危险了，严掌门，只要他稍稍有心钻营，便是人间真神，谁能容他活着？”

严争鸣居高临下地盯着他不言语，吴长天坦然道：“严掌门会问出这样的问题，想必有一件事你是不知道的，我今日既然敢开口谈及此事，遮遮掩掩的也没什么意思，索性都说了罢——讲经堂原身叫作‘足下堂’，说的是千里之行始于此处，是令师祖童如联合四圣一手创办的。”

此言一出，屋里一阵死寂。

严争鸣一身傲慢逼人的小动作全部停了下来，角落里的水坑一瞬间睁大了眼睛，连屏风后的李筠与程潜也吃了一惊。程潜立刻想起了他在锁仙台上见的那个纪千里。那老东西说话句句疯疯癫癫，却原来也句句意味深长。

一股来自剑修的森冷杀意笼罩了外间，严争鸣的修为进了入鞘阶段，不再锋芒毕露，却也让人越发喘不上气来，兜头罩住了吴长天的头顶。

吴长天岿然不动，兀自说道：“是童如，你没听错——世人都觉得三生秘境开启纯属偶然，其实不是，秘境开启的密钥，就是我天衍一门的传承之物，只要一个人心里不是完全的无欲无求，他就无法超脱。童如自秘境而出后，果然走火入魔，不顾四圣劝阻，将掌门印丢给弟子后，便监守自盗，上了十万八千阶不悔台，取来了心想事成石。”

严争鸣的手指一时“咯咯”作响，如果不是印石里装的是地锁密语，保不准就被他错手捏碎了，他冷笑道：“这天下就容不下想积点德的人？”

吴长天平淡地说道：“容不下的是那些有呼风唤雨之能，还想要插手凡务的大能。严掌门，你可知修士也是人，哪怕那朱雀塔中清修了一辈子的徐应知……他就没有私情吗？天下是一碗水，可以起伏，也可以动荡，但不能往某一处倾倒。凡人也好、修士也好，唯有端平不溢出去，才能长久。”

他说着，将手中茶杯往一侧推去，一杯茶水立刻洒了出来，吴长天伸出一根手指，轻轻地掐了个手诀，洒出来的水凝成一股，在空中转成了一个水轮，又回到了茶杯中，凝滞不动了。

游梁愣怔道：“师兄……”

“这就是天衍，我们就是那只端平世道的手。”吴长天一拢袖子，随即自嘲一笑，说道，“天衍的秘密流传百代，泄露者死，万万没想到，此事竟是从我口中说出去的……行了，小梁，现在天衍早就没落成一群走狗了，说不说的，又有什么打紧？”

严掌门的剑利，比剑更利的是他那鬼见愁的脾气，当他有意气人的时候，恐怕泥人都难以不动怒，然而无论他怎样出言不逊，吴长天的和煦的面色都没有一丝改变，好像他就是一尊泥人，可是这一瞬间，他语气温和地吐出了十分尖酸的言语，始终和煦的脸上终于闪过了说不出的冷意。

吴长天毫不顾忌严争鸣难看的脸色，老僧入定一般阐述道："越是执念深重的人，越是比别人境界高、修为快，而一旦走火入魔，也就越是危险，童如与那心魔石许了愿，心魔石却要他以人命来填，那童如一代名士，纵然走火入魔，又怎肯滥杀无辜？便专门去寻那些作恶多端的魔头来祭石——也是因此，他无意中得到北冥君之位。可惜……"

吴长天古怪地笑了一下，后面的话不用他说，严争鸣也明白。

魔修若想成大道，一辈子不能沾血，沾上一滴就再也洗不清了，杀孽缠身，再清明的人也会被拖进无穷杀戮道里，这是人人都知道的常识。

"童如堕入杀戮道，数不清的无辜修士、凡人死在他手中，四圣迫不得已出面，联手对付昔日挚友。"吴长天说到这里，缓缓地吐出一口气，"可那童如啊，真是天纵奇才，在四圣联手之下不露败象，那一战真是……后来徐应知以自己一命为代价，将童如引入了忘忧谷。忘忧谷乃是人间亡灵地，入此间，善恶分、罪孽清、生前事毕，童如杀孽深重，自然受到山谷反噬，终于葬身此地。”

他三言两语的描述，听在耳朵里，竟让人战栗不已。

吴长天环顾左右，嗤笑一声：“只是没想到顾岩雪经此一役，竟还不长记性，将足下堂改名讲经堂，还搬回了青龙岛。若没有当年天衍处设计童如走火入魔，扶摇派的血脉就不会中断，贵派诸多弟子想必此时还在扶摇山中无风无雨地修行，虽然未必有眼下的成就，当年却不用寄人篱下于青龙岛，更不会被周涵正一时歹意种下画魂，今日魔龙大祸也不会发生——我天衍一脉自作自受，也是气数将尽了。”

吴长天把严争鸣的话都给抢了，严掌门一时无言以对。

吴长天又道：“此番还有一物要带给严掌门。”

说着，他从怀中掏出了一卷未开的卷轴，双手捧到严争鸣面前，说道：“严掌门请看。”

那卷轴一开，严争鸣顿时感觉到了不对劲，他耳畔“嗡”一声响，胸前沉寂许久的掌门印蓦地开始发烫，仿佛和这不知名的卷轴之间形成了某种共鸣，那内里如包含星辰满布的天锁蓦地出现在他眼前，所有缓缓流动的星子全都疯狂地转动了起来，形成一道极壮观的旋涡。

随后一声轻响，天锁竟开了！

来自扶摇山的气息蔓延开，卷轴缓缓拉开，只见上面记的是历代扶摇派掌门的名姓，后注修了什么道，密密麻麻的有小一丈长，落款处有一枚红底银纹的印，严争鸣从未见过上面的文字，却清楚地知道它是什么内容。

他不由自主地脱口道："除魔印……"

就在这时，一道剑光倏地打破满室沉寂，那游梁只觉周身一冷，本能地提剑去挡，手中剑却凝滞得要命，好像陷进了一团看不见的冰雪中，阻力无处不在，转眼就被那冷铁冻僵了，他身为元神修士，竟连胳膊都抬不起来。

一剑便被压制！

程潜一察觉不对，立刻从屏风后飞掠而出，一剑架在游梁脖子上，同时，霜刃的剑鞘狠狠地抵住了吴长天后心，满载霜意的杀意将此人牢牢锁定，强行打破卷轴与掌门印的共鸣。

游梁的手在霜刃下轻颤不已，程潜的目光冷得像明明谷冰潭："什么东西，也敢往扶摇山庄带，找死？"

严争鸣"啪"一声合上了卷轴，面色阴晴不定，低声叫住了他："小潜。"

程潜杀意微微收敛，看了他一眼。

严争鸣道："先放开他吧。"

掌门师兄发话，程潜这才不情不愿地轻哼一声，依言将那凶剑收回。

吴长天深吸一口气，不动声色地转动起体内真元，足足两个周天，方才将后心处的寒意化开，他转过身，不卑不亢地冲程潜一拱手："程真人修行不过百年，这样的修为，实在让人叹服不已。"

程潜从一开始就是扮演黑脸的，当即道："叹服不敢当，杀你反正足够了。"

吴长天沉声道："程真人误会了，吴某人只是物归原主，此物名为'除魔卷'，是扶摇旧物，上有三十三道誓约，是我天衍祖辈与贵派订立，是真是假，严掌门想必此时已经清楚了。"

程潜眉头一皱。

吴长天接着说道："当然，扶摇山被封山令关着，掌门人眼下另立扶摇山庄，严格来说……也不一定受当年老扶摇誓约的约束，当然可以置身事外，只是可怜这一场仙魔之战，又要填进去多少无辜性命呢？"

程潜神色一冷，刚要开口说什么，严争鸣却开口打断他道："誓约中只有一封除魔印，可并没说我们非得听凭你的差遣，也没说我们不能对天衍处的走狗下手。”

吴长天道：“不敢，正是，若吴某有得罪之处，全凭严掌门处置。”

严争鸣略一挑眉：“吴大人还真是大公无私，不知道你们与多少人签过这样的誓约卷轴？”

吴长天笑而不语，看来是不打算说的。

严争鸣一摆手：“韩潭，送客。”

吴长天从怀中抽出一封请帖，放在旁边的桌案上，再次施礼拜上，低眉顺目地对水坑说道：“不敢劳动姑娘，留步。”

等这两人走了，李筠从屏风后面走进来，问道：“怎么回事？”

他说着，伸手将桌案上的卷轴抖落开，鼻子都快戳到纸面上了，瞪着最后那个模样诡异的除魔印，问道：“这果真是……”

程潜皱眉道：“这劳什子誓约是哪一代没谱的掌门立的，跟我们有什么关系？一把火烧了算了。”

“烧不了，誓约连着掌门印，甚至荡开了天锁，”严争鸣面色微微有些凝重，“我若是不认，便是不认掌门印，从此神识会从掌门印中被抹去……”

严争鸣的手指在那卷轴最后轻轻点了一下，作为最后一代掌门，他自己的名字豁然列在上面：“违背誓约，是自行叛出门派。”

李筠歪门邪道的心思转得很快，闻言立刻道："那有什么，'放下屠刀还立地成佛呢'，没有哪条誓约规定修士不能离开门派再拜回来，若是你先卸去掌门，将这誓约一把火烧了，再认回来又能怎样呢？"

严争鸣没好气地瞪了他一眼："别说屁话，你那点小心眼从来不往正地方使！"

说完，他一挥手，掌门印中硕大的天锁如星辰沙漏一般地投射在堂中，沙漏尾部正指向卷轴："我们要是都叛出扶摇，扶摇派的传承也就从此断绝，掌门印必然自毁，到时候扶摇山再没有重新降世的一天，你是打算去师父坟头上吊吗？"

第五章

应约

众人一时间都没吭声，水坑拿起吴长天撂下的请柬，念道：“正月十五，太行一会……大师兄，这是要干什么，我们也去吗？”

严争鸣沉吟着没出声。

李筠道：“天衍处马不停蹄地四处送请帖，非要将此事闹得天下皆知，我若是韩渊，怎么也要带人去露一面才好，我看这是要约战吧？”

南疆魔修们不成系统，四处祸害，弄得民不聊生，天衍处又无力号令天下，双方都是各自为政地打来打去，这样下去永无宁日，不如约在一起，找个没人地方，将太行一掀，大家战个痛快。

“我若是韩渊，就不去凑这个热闹，”严争鸣低声说道，“趁着他们在太行集会，直接杀进京宰了皇帝，掀了天衍处的老巢，岂不方便？”

李筠道："那个姓吴的长篇大论一番，真假不论，我倒是听出了一些别的讯息——天衍处现在肯定有内乱，原本天衍派的势力可能寻思着要脱离朝廷，那他们可未必在意皇帝死活。"

说着，李筠眉宇间染上忧色，叹了口气道："韩渊……唉，他弄了这样大的阵仗，无非是想与天衍处寻仇，可那南疆群魔……这笔账将来岂不是都要算在他头上？"

严争鸣脸色有些凝重，转身道："给赭石送封信，我要在天衍处到之前找到韩渊。"

这时，一直沉默不语的程潜忽然开口道："我总觉得有什么不对劲。"

李筠一抬眼："怎么？"

"有道是'大道废，有仁义，智慧出，有大伪，六亲不和，有孝慈，国家昏乱，有忠臣'，天衍自称'替天行道'，可是'替天行道'本身不就逆了'大道自然'吗？"程潜皱皱眉，说道，"这与师父当年教过的不合，我实在想不通为什么扶摇先祖会和天衍派签下这种誓约？老觉得这里面还有别的事——对了，二师兄，我记得当年我们在青龙岛上找到过一本岛志，上面列了好多大事记，那本书现在还在吗？"

"应该还在，"李筠道，"当年我们从扶摇山带走的，还有后来在青龙岛抄录收集的典籍，赭石怕丢，都随身带在储物袋里，所以从青龙岛仓皇逃走的时候才保存下来了，你去找找，就在竹林后面的小经楼里。”

程潜听了立刻站起来过去了，同时，他脑子里反复回忆着纪千里说过的话，总感觉那老疯子言语中存着不少蛛丝马迹。他依着李筠的话，转到了竹林后面，找到了传说中的小经楼。

此地也叫经楼，只可惜再凑不成收拢天下典籍的九层经楼了，只是个木质的二层小楼，纤细得摇摇欲坠。一楼存着这百年来，严争鸣他们四下收集的一些功法，从正统道法到旁门左道一应俱全，有些收来的时候只是残卷，被严争鸣或者李筠动手修订过，误打误撞就成了某套全新的功法。

二楼放的就是他们扶摇派自己的东西了，有严争鸣默写的经书，程潜亲自修整的扶摇木剑剑谱，还有他们当年离开扶摇山的时候带出来的杂书，这些书几经波折，保存至今，虽然上面各自附着防蛀防潮的符咒，纸页间却也不免沾染了岁月磨砺过的沧桑气。

程潜的手指恋恋不舍地从一排书脊上划过，这一刻，他忽然前所未有地想念起扶摇山，那就像一个回不去的故乡，与他们中间隔着打不开的人锁，还有凶险莫名的混乱世情与除魔印。

青龙岛的典籍有特殊的符号，程潜很快就从一堆乱七八糟的经书中将它挑了出来，扶摇派没收过弟子，统共这几个人，经书都是能倒背的，因此没事也不会有人来翻，它们随便堆放在一起，程潜一抽岛志，顿时有七八本经书都跟着倒塌下来，落了一堆尘土。

程潜“啧”了一声，弯下腰正要将它们捡起来，突然发现里面居然有两本《清静经》。

谁默了一本多余的？

程潜捡起来将书面上的尘土掸干净，只见其中一本字迹潇洒削瘦，应该是李筠写的，另一本的封面上的字却显得有些稚拙，笔画吊儿郎当的，横竖撇捺都不肯待在正地方，正是他大师兄少年时候的字迹。

小时候程潜给他代笔写过无数卷罚经，字迹模仿得惟妙惟肖，因此一眼就认了出来。

程潜有些纳闷，遂将后面那本《清静经》翻开来，结果震惊地发现经书封面下面居然还有另一张封面，上面花花绿绿地画着雕栏玉栋，花花草草中有一人像，搔首弄姿地抱着一根玉箫，正衣冠不整地冲着人笑，旁边一行小字——《有情众生》。

程潜：“……”

这是什么东西!

他原地呆立了半晌，鬼使神差地翻开来看，这假装自己是本《清静经》的小册子里面十分热闹，有图有诗文，讲的是凡间一处妓院中发生的一干风流韵事，俊秀书生与痴情妓子花前月下，最后劳燕分飞，中间穿插着几句雅俗共赏的曲子词，故事讲得完完整整，情真意切，还挺有些市井风流。

只是配图十分不像话，实在是再直白也没有了，不但将主人公们如此那般的事都画了个毫无遮拦，连隔壁后间男男女女都描绘得分毫毕现，可谓是“如何寻欢作乐”的高级指导。

让人不能直视。

程潜粗略一翻，竟没看见一幅画雷同重样，也不知这千姿百态都是谁发明的，昭阳城魔窟中吵吵闹闹的一干魔修与这画中世界一比，简直就是一帮野蛮的土包子！程潜没敢细看，正要将书合上，一想起假《清静经》封面上大师兄的字迹，顿时脸色古怪了起来。

他还没古怪完，便有一阵脚步声传来，严争鸣三步并两步地上了经楼楼梯，问道：“查到什么了？”

程潜当场吓得手一哆嗦。

那本假《清静经》脱手掉在了地上，摔了个四仰八叉，春光乍现。

严争鸣：“……”

什么叫作晴天霹雳？

这一瞬间，程潜突然觉得天劫其实已经不算什么了。他木然了半晌，当机立断，装作什么都没发生的样子，面色平淡地要将这混在经书里的邪物捡起来，谁知被一只手抢了先。严掌门日理万机，早已经忘了他小时候干过的那些倒霉事，乍一见此物，首先怒不可遏了起来，好像辛苦保护的雪地上被人踩了个黑脚印似的。他一巴掌拍开程潜的手，怒道：“哪来的邪魔外道？你不是说来找岛志吗？就找到了这玩意？”

程潜只好苍白地解释道：“……书架上自己掉下来的。”

严争鸣拿着那本小册子，只觉上面图画无比刺眼，恶狠狠地问道：“你翻看过了？”

程潜：“……”

严争鸣简直七窍生烟，气急败坏地训斥道：“我还道你比那两个东西省心，你可真行！这有什么好看的，嗯？你身上还有内伤自己不知道吗？不好好凝神清心调息，还看这些不成体统的东西……”

他越说火越大，拿着那本小册子重重地在程潜胸口上拍了一下，险些把纸页抖散了："混账！"

程潜没敢躲，同时真不知自己该说什么好。

严争鸣愤愤道："要是让我知道是哪个王八蛋把这玩意放在经楼的，我……"

程潜终于小声开口道："师兄，好像是你。"

严争鸣："……什么？"

程潜伸出两根手指，小心翼翼地将那本被严争鸣一巴掌拍烂的书翻了过来，指了指那欲盖弥彰的"清静经"三个字。

严争鸣盯着那三个熟悉的字，呆住了。

程潜连忙"善解人意"地说道："没事师兄，我知道，你那时候还小不懂事……"

话没说完，他自己也感觉不对，"还小"的时候就偷偷在经书里混这种东西，还千里迢迢地夹带出门，岂不正说明他是个从里到外的败家子么？果然，严争鸣的脸更绿了，他耳根绯红，顶着一脑门红配绿的官司，抢了那妙趣横生的小画本，一声不吭地转身就走。

程潜心里忽然一动，趴在二楼的木头栏杆上，木头上防潮防虫的符咒在他掌中发出幽幽的白光，映得那张总是显得有些冷淡的脸柔和了许多。

“大师兄，”程潜叫住他，胆大包天地问道，“我在昭阳城中，曾见众魔修耽于欲念、放浪形骸，很不成体统，便知其必有违天理。可方才见这话本，虽然乍看很是粗俗下流，起承转合处，却也有悲有喜、情有可原，为什么？可是因为此书名曰《有情众生》吗？”

无知无觉的走兽飞鸟是众生，朝生暮死的凡人是众生，那么……清心寡欲、仰望长天的修士们，也是众生吗？也该有情吗？

经楼下光线略暗，严争鸣大半张脸都埋在书架的阴影里，看不清表情。他半晌没吭声，一时间似乎屏住了呼吸，成了一尊僵硬的石像。

好一会儿，严争鸣的声音冷了下来：“你既然知道为了天劫戒除五味，难道不明白什么叫作‘道心清正’吗？再胡思乱想，你就给我滚去清安居思过！”

程潜一怔。

而楼下的脚步声渐渐远了，经楼的门“吱呀”一声，打开后又被符咒自动封上，楼中浮起一阵细碎的寒风。程潜不声不响地弯下腰，将不小心抖落到地上的书一一拾起，挨个放回架子上，最后，他取出那本本来想看的《青龙岛岛志》，坐在窗边翻看。

墙壁上的油灯乖巧地自己亮了起来，程潜翻了两页，忽然觉得有些索然无味。

不知道是不是他受损的元神还没有调理好，程潜感觉整个人都被一阵倦怠埋下去了，他漫无目的地看了几行枯燥无味的岛志，忽然想道：“修成大能有什么意思？还不是遭人妒恨，平白被构陷吗？飞升成仙又有什么意思，人世间千万重真情假意都抛在身后，投入什么茫茫看不清的大道，以后就只在旁边束手看着山河老朽吗？”

那好像……还不及朝生暮死的凡人。

程潜心口一滞，他回过神来，真真切切地感觉到了自己心境动荡。他觉得自己确实需要闭关清修一阵了，偏偏眼下又是在这个节骨眼上……

程潜一边念着飞升没意思，一边一目十行地扫过《青龙岛岛志》，并没有特意挑和扶摇派有关的看，突然，他目光一凝，发现了什么。

这青龙岛虽然身在海外，却一直颇有普世之心，除了岛上事务之外，岛志还仿照凡人史书，记载了当年天下修士中的大事。

程潜从中发现一个规律，但凡三百岁以后才修出元神的人，基本上也就只能止步于此了，后期再有什么奇遇，活到千八百岁也就寿终正寝了。

还有一种人，或是心志坚定，或是天赋异禀，早早修出元神，能在《青龙岛岛志》上被记上一笔的，想必也都是当年的风云人物，可是这些人要么后来销声匿迹，要么走火入魔，或是遇到什么祸事而中途夭折……整本青龙岛志,没有一笔关于飞升的记录。

程潜掐了掐自己的眉心，将有些涣散的心神收拢回来，心里有了一个疑惑——所以说……这些人是飞升飞得低调，还是自青龙岛建岛至其覆灭的这许多年间，就没有人成功飞升过?

当年木椿师父对年幼的程潜说过的一句话，此时不合时宜地浮上他心头。

飞升，就是死了。

程潜将岛志收好，飞快地转到了一层，在书架旁边的符咒上掐了个手诀，将真元缓缓地输了进去，低声道："我要看关于'飞升'的记载。"

木头书架在他充满霜意的真元中瑟瑟发抖了片刻，架子上有几本典籍发出淡淡的光，程潜一一挑出来，带回了小清安居。

严争鸣那天在经楼中对程潜发了一通邪火后,出门就后悔了,而程潜自从那天之后就再也没有出小清安居的门,两人住在隔壁,却足足有十来天谁也没看见谁。

而就是在这时，赭石来信了。

跑腿的依然是能随便化成鸟的水坑，为了掩藏她那越发扎眼的鸟样，李筠把她妙手改造成了一只麻雀。麻雀水坑带着那与二师兄不共戴天的怨气，扑腾着细小的翅膀飞走了。不过很快她就发现，这身体实在太方便了，无孔不入的程度几乎仅次于苍蝇，随便什么地方都能随着二三小鸟混进去。

这一次，她终于见到了赭石。

“赭石哥说，天衍处层级分明，凡是新入门的，都得在外围当上几十乃至上百年的密探，随后经过扒皮抽筋的一番审核，确认身世清白才能进入内门，不过前一阵子也不知出了什么事，内门的人好像自己斗起来了，凶狠得要命，一夜之间，一半以上的熟面孔都见不到了，又赶上四师……唔，魔龙叛乱，天衍处急缺人手，因此在内门之外设了个候补内门，将赭石哥他们这些修为不错，又暂时没什么破绽的外门密探都收拢了进去，近期他们轮班在太阴山附近埋伏，好像等着谁自投罗网的样子，虽然上面没有发话，但赭石哥说，等的应该就是四师兄。”

太阴山……距离扶摇山原址只有不到五十里。

严争鸣二话不说，吩咐道：“明日便封锁山庄，我们立刻出发去太阴山。”

李筠忙追上去，问道：“到了太阴山之后呢？怎么办？你是打算帮着天衍处拿韩渊，还是公然破除誓约，不遵除魔印，帮着韩渊报仇呢？”

“除魔印不可不遵。”严争鸣斩钉截铁地说道。

几个人听了，心里都是一沉。

下一刻，严争鸣继续道：“但是绝不能让韩渊落到天衍处手里，此行必须要抢在太行大会之前截住他，将他带回来，我扶摇派的人，就算他将天捅出个窟窿，是杀是剐，也由不得外人做主。”

严争鸣干脆利落地说完，便起身要走，刚一推开门，身后李筠开口叫住了他。

李筠犹豫了一下，目光往外飘去，说道：“哦，对了，其实还有一件事……”

严争鸣顺着他的目光看了一眼：“什么事？”

空中一个声音接道：“是我……我我我……哎哟！”

随着巨响，一个重物落了地，严争鸣默默地将迈开的脚缩了回来。

“一直赖……住在扶摇山庄客房里的年大大，”李筠苦笑了一下，说道，“一门心思地要拜小潜为师，说什么都要拜入我扶摇派门下，还说不管需要什么考验，刀山火海他都不在话下。”

年大大鼻青脸肿地抬起头，一抹鼻血，冲程潜露出一个龇牙咧嘴的傻笑，口齿有些不清，不知道掉下来的时候是摔坏了牙还是啃破了嘴："师糊，求师糊收下窝。"

李筠无奈道："这几天小潜闭关，一直没空出时间来见他，他在外面徘徊好久了。"

程潜奇道："你怎么还没走？"

年大大将脸揉开，说话总算清楚了些，挺胸道："我锲而不舍！"

严争鸣皱起眉——扶摇派已经够命运多舛的了，上一辈，挂名弟子把自己弄成了半人不鬼的大魔头，正式弟子变成了一只腰长腿短的黄鼠狼。这一辈的首徒是他本人，严争鸣十分有自知之明，清楚自己是个什么样的货色。接连两代大弟子没有一个靠谱的，下一辈要是再收一个名叫"黏答答"的弟子，以后门派还能不能有尊严了？

这种收弟子像开玩笑一样的传统，绝对不能再流毒下去！

"不行。"严争鸣斩钉截铁地说道，"恕我们有要事要离开，恐怕没精力招待外客，自便吧！"

年大大深吸一口气，扯着嗓门道："我愿意当个端茶倒水，鞍前马后的小徒弟，请掌门让我入门！"

严争鸣懒得和他掰扯："李筠，给年明明写封信，自己亲儿子都叛入其他门派了，他不管吗？"

李筠悠然道："这你就不知道了，明明谷就是个修士中的混混帮，平时占山吃供奉，替山下村民驱赶一些化形未成的小妖，除了抓阄还是怎样选出来的历代谷主，其他人若是不想混日子，随时都可以拜入其他门派，明明谷从此又多一个靠山，高兴还来不及，怎么会管？"

严争鸣："……"

世上竟还有这样与世无争的贱痞门派。

严争鸣眼角一跳："我扶摇派不缺这样御个剑都能摔下来的弟子。"

他身后师弟师妹三人一同无言以对，感觉大师兄纯粹是漫天要价，想当年他们入门的时候别说御剑，连拿剑都拿不稳。

年大大朗声道："掌门，我自知资质不佳，日后一定会好好修行，绝不会丢门派的脸。"

"你丢门派的脸还用得着看修为？看脸就够了，"严争鸣瞥了他一眼，无理取闹道，"回去吧，我当掌门期间，我派不收长得丑的人。"

年大大："……"

这借口充分得无从反驳。

年大大挣扎着看了一眼程潜，程潜却在走神。严争鸣一句话让程潜想起了好多已经忘了的旧事——对了，大师兄从小就不是一个只满足于自行臭美的人，那可是个连饭做得丑都不肯下筷子的绝代事儿精。程潜低头看了一眼自己身上万年不变的半旧靛青袍子，有生以来第一次发现，自己好像有点不修边幅。

跪在院里的年大大几经挣扎，憋出了一句："掌门，脸没办法了，但我可以想方设法培养自己超凡脱俗的气质！"

他说完，瞥了程潜一眼，自作聪明地拍马屁道："尽早像师父那样！"

谁知这马屁结结实实地拍到了马腿上，严争鸣当即火了，心道：你是什么东西，也敢跟小潜比？

入鞘的剑修一身威压不是玩的，年大大感觉自己就算长了十根脊梁骨，此时也给一并压弯了，偏偏他以为这是入门考验，紧咬牙关，不敢放松一点，不过片刻，本就摔得姹紫嫣红的脸上开始浸出细细的血迹来。

终于，一直没吭声的程潜开了口："师兄，你饶了他吧。他要真这么锲而不舍，其实倒也不是不行。"

这十多天以来，严争鸣一直没捞到跟程潜说句话的机会，滋味可谓是抓心挠肝，乍一听见他开口，恨不能将这台阶当成个救命稻草似的抱住，他心里好一阵狂跳，才压抑住自己立刻就屁颠屁颠凑上去的冲动，堪堪保持住了不假辞色的掌门脸面，艰难地哼了一声：“嗯？”

程潜道：“我还没出明明谷的时候，他就在谷外等了我一整宿，一路到了扶摇山庄，也算精神可嘉——当年青龙岛每年也招大量没入气门的散修，他虽然剑法稀松，但也算能歪歪扭扭御个剑了。”

在程潜看来，收几个徒弟而已，只要品行不错，没有心术不正，其他不必太过精挑细选——反正他们门派惯常是“师父领进门，修行在个人”，本事大的有本事大的负累，没本事的也有没本事的责任。

他一言既出，方才还态度十分坚决的严掌门连语气都柔和了几分，说道：“我看他的根骨与资质可未必上乘。”

程潜笑道：“不看僧面看佛面，我始终欠着明明谷一份人情。”

严争鸣默然不语，水坑刚要开口发表一下自己的意见，便被李筠一抬手按了下去，两人默默地坐在一边，看掌门的热闹。

果然，方才还要一巴掌将年大大拍回明明谷的严争鸣痛快地让步道：“唔，行吧，你愿意收就收，反正也养得起……眼下兵荒马乱的先口头应下，等我们将来回了扶摇山，再给他补一个入门受戒……”

李筠起哄道：“掌门师兄，怎么小潜一开腔，你就好说话了呢？”

严争鸣狠狠地剜了李筠一眼，没敢看程潜的表情，跑了。

程潜上前拍拍年大大的肩膀：“跟我来。”

李筠目送着他的背影，用胳膊肘捅了水坑一下：“你看出什么来了？”

水坑想了想，非常实在地说道：“以后有什么事，先去求小师兄，小师兄那儿说通了，大师兄不答应也会答应！”

李筠：“……”

水坑：“我说得不对啊？”

李筠怜惜地摸了摸她的脑袋：“孩子，你说得很对。”

水坑甩开他的手，问道：“二师兄，你也受过戒吗？戒辞是什么？”

李筠沉默了片刻，脸上猥琐的笑容忽然收敛了回去，露出了一种水坑从未见过的怀念，良久，才听他轻声说道：“师父说我心思机巧，精明过头，精明过头的人浮躁，浮躁习惯了就容易动摇，久而久之，又痛苦又费神，于是给了我‘抱朴’二字做戒辞。”

他说完，垂下眼叹了口气，仿佛自己也知道，自己辜负了师父的一番寄托。

水坑有些羡慕地说道：“别叹气了，我还没有戒辞呢。”

师父过世的时候，她连句话都说不完整，戒辞也就没来得及给，一直拖到今天，差了这么一步，她总好像没成人。

水坑喃喃道：“二师兄，你说如果师父还在，他会给我什么戒辞呢？”

李筠想了想：“戒辞一般是取人之长，补人之短，要是你的话么……”

水坑充满期待地看着他。

李筠道：“可能是‘无毛’吧？”

李公子成了扶摇派史上第一个被小师妹揍得满头包的师兄。

又十天后，中原太阴——

太阴山山势平坦，与仙人出没的太行相比，它更亲切、也更凡尘。

沿山势往西南近百里，有村郭林立，雄关百丈，一条官道贯穿始终，早年间有车水马龙，商旅喧嚣，谷地更有良田千顷，耕牛无数。传说不远处还有仙人居处，时隐时现，只有“有缘人”

才能在满月夜里看见一个朦胧的影子，山顶上有仙鹤翩翩起舞。

可眼下，太阴山一带却是今非昔比了。

半个月以前，太阴山下大关中披甲执锐的士兵陡然增加了两倍，来往空气蓦地紧张起来。

隔日，便有那些高来高去的仙人出没，他们动辄御剑如飞，并不与凡人接触，却有人从守城官兵那里得来小道消息，说那些仙人正在太阴山附近绘制阵法，好像要对付什么人。没有人出面驱赶原住在此的百姓，只是当地官府纷纷放出榜文来，说自愿离开几个月的，可以领到一笔款子，以供羁旅吃喝。

这榜文一出，顿时惹来一阵人心惶惶，随着太阴山附近的阵法渐成，周遭的肃杀意也越来越浓重，老百姓们终于害怕了，领钱的地方天天从天亮开始排队到天黑，不过数日光景，太阴山一带除了个别老弱病残外，基本上已经十户九空。

群魔北上，将赴太行之约，要到太行，必经太阴山一带，而太阴山与扶摇旧址极近，那魔龙韩渊必定会在此停留，游梁奉命在这里事先埋伏，在太阴山脉周围布下斩魔大阵，哪怕困不住那魔龙，也要在众人瞩目的太行之约前先下他一城。

他站在城墙上，居高临下地看着那些小得像蚂蚁一样的人拖家带口地鱼贯而出。

游梁心知肚明，这些人离开太阴山一带，并不是安全了，反而是失去了保护，路上万一遭遇到北上的魔修，就好比小虫惨遭恶童，剥皮抽筋的下场算好的。可游梁也知道，这些人必须走，凡人五谷轮回，气息杂乱，若是此地留着这许多的百姓，必然扰乱他们的斩魔大阵。

他将他的剑握得紧紧的——师兄说过,他这把剑的剑铭为“檀心”，因为锻剑的时候，锻剑师不小心在熔炉中洒了一把香灰进去，此物甫一出世，便比别的剑少些凶戾气，是把“慈悲剑”。

年轻的剑修深吸一口气，感觉手中这把“慈悲剑”真是再冷也没有了。

这时，一个满头乱发的修士御剑飞到游梁面前，施礼道：“游大人，好像有大能闯入阵中，西南一角的阵脚被触动了。”

这人是天衍处的外围人员，别人都叫他什么“稻草张”，因为精通阵法而被招募到了太阴山，全权负责斩魔阵的绘制和催动。游梁闻言收回心绪，将真元注入双目，运起“鹰眼诀”，极目远眺出三十来里，顺着稻草张的指向望去，不料正与一个人目光对上，游梁吃了一惊——来人正是扶摇派一行。

严争鸣淡淡地看了他一眼，下一刻，一股尖锐的剑气隔空而来，直冲入游梁眉心。

游梁大惊，不敢硬接，原地后撤了十来丈远，方才敢提剑抵挡，只听“叮”一声轻响，原来那股剑气看起来吓人，其实却只是逗他玩的，在剑鞘上轻轻擦过，旋即便散了。

游梁大口喘气，心里没有半分躲过一劫的庆幸，被这一剑惊得手心里全是冷汗。

剑修锋锐无双容易，横冲直撞也容易，只要胸中有勇气，心里有剑气——然而“适可而止”与“收放自如”，却已经超出了游梁所能领会的范围，他这才发现，自己与严争鸣之间相差的不只是一个剑神域，而是一道天堑鸿沟。

“游大人！”稻草张吃了一惊，忙上前一步道，“那是什么人这样大胆，属下是否要派一小队去追来看看？”

游梁脸色惨白，一句话几乎是从嘴唇中挤出来的：“那人是个剑神域的剑修，四圣尚且让他三分——就凭你？给人家送菜吗？”

稻草张愣了愣。

游梁恨声道：“滚！”

他吼完别人滚，自己却先行羞愤难当地离开了。

游梁一转身，稻草张脸上恭敬得有些谄媚的笑容便不见了，他目光阴鸷地盯着游梁的背影看了一会儿，又转身远眺剑气所来的方向，神色阴晴不定。几个修士向他聚拢过来，那领头的小声说道："张大哥，我们阵法一系从来都被他们这些所谓的'正统修士'当成只会旁门左道的工匠，实在是欺人太甚。"

稻草张冷笑道："不过一个刚修出元神的小辈，境界稳不稳当还两说，仗着自己是剑修，还真摆起谱来了——我这斩魔阵是给谁布的？魔龙韩渊！什么剑神域剑鬼域的，只要我稍微动点手脚，便能将他们一锅端了！"

一个修士小心翼翼地问道："那张大哥的意思是……"

稻草张将一群人召过来，如此这般地布置起来姑且不提。远处，李筠却皱着眉对严争鸣道："掌门师兄，你又在干什么？"

"撕破脸啊，"严争鸣双手背在身后，"看不出来吗？天衍处既然拿得出除魔印这么了不起的东西，我反抗不得，还不能没事羞辱羞辱他们的人吗？"

李筠苦口婆心道："唉，天衍处多小人，对付小人要用小人的方法，要么虚与委蛇，要么趁其不备一击必杀，绝对不要与他戏耍，毒蛇急了咬你一口，你疼是不疼？"

严争鸣左耳进右耳出地听了，没往心里去。他不好战也不嗜杀，却有一个毛病——大概是泥里滚的日子过多了，严争鸣对自尊过于偏执，当面打别人的脸的事做起来简直信手拈来，若说他以前是得罪人不自知，现在就是故意不留余地了。他在剑道上走得太远，远到四圣都可以不必放在眼里，怎会将区区一个才修出元神的剑修放在眼里？

可是做人怎能这样不留余地？李筠心里总是不安。

扶摇一行人之所以过来溜达，其实就是感觉到了太阴一带的大型阵法，特意前来探探深浅，粗略在外围一打量，程潜问道：“二师兄，怎么样？”

李筠话不说死，只道：“难，天衍处这是下了血本。”

严争鸣道：“能不能破阵，你痛快点。”

李筠满怀忧虑，懒得理他，只是动了动手指，当即，仿佛有一根看不见的木棍，随着他的指挥在地上画出了整个太阴一带的地形。

“阵法范围在这一带，这样大的区域，他们要是想将韩渊困住，催动阵法肯定极其费力，要么用人山人海来堆，要么手中有什么天地灵物。”李筠道，“前者不太可能，魔修虽然大多脑子不大冷静，但又不瞎，一大群人聚在一起催动阵法，有眼睛的就知道怎么破阵。”

“破阵有两种方法，要么有巧，要么有力，也就是或者找到阵眼，一举破坏，或者直接暴力压制。我看天衍处这个兴师动众的架势，恐怕是准备得很充分，靠暴力压制不大现实。”李筠叹了口气，伸手将地上的痕迹抹去，说道，“而且还记得当年韩渊在扶摇山附近设下的阵法吗？我不知道为什么，他好像对此道也颇有些研究，见识不亚于我，如果是他被困于斩魔阵，恐怕也会想到推算阵眼的方法，天衍处未必不设防。”

程潜道：“说了半天，这个阵你是破不了对吧？”

“……那倒不是。”李筠一脸犹豫地说道，“只是这方法恐怕不大好用——韩渊已成魔龙，我手中恰好有一面真龙旗，如果我们几个人……”

“是‘我们’，”严争鸣纠正道，“没你这种卡在元神门槛上的人什么事。”

……掌门师兄真是个贱人。

“你们！行了吧！”李筠被踩中痛脚，怒吼道，“元神有什么了不起的？斩魔阵这一类阵法号称借天地之气，十个元神也不够的好吗？你得意什么！”

水坑悄悄地伸手戳了程潜一下，程潜只好大无畏地上前，抬手打断两位师兄的斗鸡：“好了，魔龙和真龙旗有什么关系？大师兄，你既然不知道，就少说两句。”

严争鸣对着程潜翻了个白眼，翻完，他又忍不住将眼珠重新转了回来——程潜也不知道吃错了什么药，终于想起将他那一身抹布似的破袍子换下来了，虽然只是换了一件乏善可陈的墨色长衣，半寸雕琢也没有，明显就是件便宜货，可严争鸣就是觉得顺眼极了。人和长衣黑白分明，加上一把霜刃，程潜眼角眉梢无端挂上了几分凌厉的肃杀气，唯有偶尔笑起来的时候，依稀是君子如玉。

严争鸣实在忍不住多看了几眼，继而不动声色地移开目光，翻来覆去地回味，一心二用地听李筠说正经事。

“真龙旗里面有龙骨和龙魂，”李筠说道，“韩渊的魔龙不是还差一条龙骨么，以他的修为，如果真能借着真龙旗，得到上古神龙之力，可能和斩魔阵有一拼之力，只是……”

话说到这，几个人都明白了。

想从天衍处手里截人是一回事，但用真龙骨助纣为虐是另一回事——韩渊毕竟杀孽深重、罪大恶极。就算没有除魔印约束，这种事也是万万不能干的。

“此事不必再提，”严争鸣说道，“李筠，将你的真龙旗收好，不准拿出来——斩魔阵既然已经看过，我们顺路回扶摇山看看吧。”

一转身，严争鸣瞥见程潜领口微乱，便忍不住抬手整了整他的领子。

程潜本来迈开的腿当即停在半空，严争鸣一抬头碰到他比平时略显幽深的眼睛，这才惊觉自己的动作亲密过头，手心顿时出了一层薄汗，欲盖弥彰地缩回手，干咳一声道：“没见两襟都不对称吗？你多少也注意一点穿着。”

程潜默然不语，感觉在这方面，他可能一辈子都达不到大师兄的要求了。

这短短的一路上，严争鸣自行尴尬，程潜默默反省，而惨遭掌门师兄挤对的李筠受了刺激后，彻底变成了一个滔滔不绝的碎嘴子，一路向新入门的师侄年大大唠叨各种不靠谱的扶摇山风物，实在的内容少，主要目的是为了卖弄。

李筠以一嘴神功，成功地将水坑和程潜全部聒噪跑了，一路风驰电掣地赶到了扶摇山原址。

水坑原本飞在最前面，忽然毫无预兆地在空中化成人形，面露不悦地低头望向山间某处：“师兄，我怎么看着山下好像有黑漆漆的魔气？”

程潜一愣，黑风似的卷到她身边：“是韩渊吗？”

脚下云雾与树丛遍布，一时看不清，水坑摇摇头道：“好像不是，血气没那么浓，但是脏得很，而且……”

她话没说完，程潜已经纵身而下。

魔修的魔气也好，普通修士的清气也好，若不刻意隐藏，都是越强越显眼，这几个魔修的魔气从天上就能看见，实力已经相当可怖，程潜这样一声不吭地直接下去，堪称鲁莽了。

大概扶摇山永远是他的逆鳞。

水坑急道："哎，小师兄你等等……"

她正要去追，突然被一只手扯住胳膊，严争鸣将她往身后一拉，嘱咐道："别跟过去，躲远一点。"

水坑不及反应，严争鸣的身形已经在一闪之后不见了。

程潜虽然火气很大，但也算没有十分冲动，他落地时已经将自己的气息收敛了干净，清风飘絮似的从大树缝隙中钻了进去，而后片叶不惊地掠上了树冠浓密处。只看了一眼，他就皱起了眉，只见那里有两男一女，女人的打扮十分诡异，若不是没有妖气，简直像个妖修，她头上顶着一朵巨大的朝天喇叭花，衣冠不整，所有该穿衣服的地方全都是各种各样的花瓣遮体，赤裸的手脚从几个大花心中穿出来，挂满了花藤状的手镯脚镯。

旁边一个男人正在地上布阵，另一个男的不知从哪里弄来了小桌与小凳，正安闲地坐在旁边喝茶。

花女娇滴滴地笑道："我与潇湘君都不通阵法，这回还是多亏了卢大哥你呢。”

布阵之人听了，忙谄媚道：“岂敢，晚辈也是搭二位前辈的顺风车，捡些前辈看不上的小物件。有朝一日潇湘君问鼎北冥，若还能叫晚辈鞍前马后地伺候，那我便死而无憾了。”

喝茶的潇湘君皮笑肉不笑地挑了挑嘴角：“你知道就好。”

布阵之人唯唯诺诺地低下头，那花女“咯咯”地笑道：“卢大哥这张嘴可真是甜——你们说，这扶摇山也怪邪门的，分明是个清修门派，却来回出了数任大魔，有谣言说上一任北冥君也是出身此处，不知是不是真的？”

潇湘君冷笑道：“上一任的事我是不清楚，只是那姓韩的有什么能耐，居然也能修出魔龙身，以万魔之宗自居。若说此处没有秘宝，我是不信的。”

花女一扭八道弯地走上前去，侧身坐在了那潇湘君的膝盖上，长臂一伸，暧昧地缠住了对方的脖子，低声道：“等我们用那姓韩的阵法破开扶摇山封印，挖出他成魔龙的秘密，便正好在此地坐山观虎斗，等他与天衍处那些走狗们两败俱伤，再坐收渔利……到时候你号令天下，好不威风，可不要忘了奴家出的力啊。”

此时，高处的程潜已经认出来了，布阵之人所用的阵法，正是照着当年韩渊那个来的，尽管他理智上知道除了解开封山印，没有什么能打开扶摇山，心里却依然怒不可遏。忽然，一条手臂从身后搂住他的肩膀，仿佛是打算制止他轻举妄动。

程潜闭了闭眼，用神识传音道："这三人打算在天衍处与魔龙争斗的时候浑水摸鱼，我看他们修为不弱，不能小觑，到时候要是带来什么变数可就不妙了。"

严争鸣听了他这番解释，静默了片刻，回道："杀吧。"

说完，严争鸣整个人已经率先化成一道残影，如出鞘之剑，冲向那看似最厉害的潇湘君。

潇湘君怒喝道："什么人！"

严争鸣："要你命的人。"

话音未落，两人已经短兵相接，潇湘君张口一吐，空中平白无故多了三道一尺来厚的盾牌，各种幽幽地冒着不祥的黑气，布阵布了一半的魔修脸上立刻露出惧色，忙躲到一边。

潇湘君飘到了盾牌后面，一口气还没来得及松下来，便听一声巨响，三道盾牌被一剑击碎，也看不出那剑修手中是什么剑，剑身隐没在一片无法描述的剑气中，乍一看并不锋利，直到逼近眼前，才能感觉到其中毛骨悚然的威势。

潇湘君大惊，双臂一展，两袖被两团乌黑鼓起，一时间，这潇湘君整个人都变得面目狰狞起来，他周身裹挟在那黑气中，嘶声道："我看你是活腻歪了，送你一口死气，见你的洪荒道祖去吧！"

黑影触碰到的花草虫鸟第一时间全部死光，转眼便在原地化成了枯枝白骨——自他掌中升起的竟是死气！

潇湘君一抬手，两处死气劈头盖脸地冲向了严争鸣，正撞在了他的一圈护体真元上。护体真元以肉眼可见的速度被死气吞噬，变成死气后又融入那团焦黑中，严争鸣真元深厚，那死气不过吞吃几口，竟变得越发壮大了。

这时，空中传来李筠的声音："那是逆转阴阳大法，真元与生气全都会被它吞噬，唯剑不破——"

他话音未落，十多把元神之剑已经雨点一般地推了出去，剑气好似怒风卷潮，浩浩荡荡地横扫而出，直到这时，潇湘君才看清了他手里的剑——那竟是一把毫无锋芒的木剑！

潇湘君瞳孔一缩，严争鸣蓦地撤回护体真元，死气还没来得及逼近，便骤然被剑影当空撕裂，而数把元神之剑势头不减，发出"嗡嗡"的蜂鸣，径直冲向潇湘君。

潇湘君被一剑打了个对穿，李筠却道："小心！"

下一刻，那"潇湘君"原地化成了一具骷髅，睁着一双黑洞洞的眼睛死死地盯着严争鸣——竟是个替身。

四下里无数个潇湘君出没，无数次被元神之剑捅穿，不过片刻，严争鸣已经被骷髅包围了，两人居然一时僵持住了。

且说那花女，她反应极快，严争鸣剑气一出，她当机立断便将潇湘君推到前面，自己纵身撤出老远，绣着花瓣的眉心一皱：“剑修？”

从某种程度上来说，魔修最怕剑修，这伙人天生带着煞气，除了心魔以外，可谓是百毒不侵，花女见势不妙，立刻要跑，就在这时，一道冷冷的剑意将她笼罩在其中，只听一人在她身后道：“哪里去？”

花女回头一看，眉目间先是一惊，随后又是一笑，那张脸就像一朵乍然绽放的花，她轻轻捂住嘴唇，笑道：“哪里来的小哥，好俊俏。”

她一开口便带了魅音，哪怕对方比她修为高，不能迷惑对方神智，也足够让人恍惚一下，空中李筠见了，正要出言提醒，还没来得及张嘴，程潜已经一剑拍了过去。李筠哑然片刻，失笑道：“这个小潜——水坑，你小师兄就是这点好，心志坚定，永远不为美色这样的表面功夫魅惑，你学着点。”

水坑纳闷地扫了他一眼：“学什么？我也不为美色所惑啊，我自己就是美色。”

李筠被她噎了个倒仰："我天，你也要点脸吧，师妹！"

而后他不等水坑炸毛，又道："小潜，留神闭气，这女人烂桃花上脸，一看就是修过'知春心法'的，毒气与花粉手段多得很。"

李筠短短一句话间，程潜的剑气已经结成了一道冰霜幕，什么桃李春风一概冻成冰花，扶摇木剑的剑招在他手中比海潮剑还要辣手摧花，不过两三招，已将那红粉骷髅的胳膊卸掉了一条。花女一声惨叫，可惜无论是被严争鸣逼得只能躲的潇湘君，还是那根本不敢露面的布阵人都不理会她——这些人之间连同林鸟都不算，有点风吹草动就翻脸不认识对方了。

花女的伤口很快漫过霜，李筠的话程潜听进去了，为了不让她有机会散发什么乱七八糟的招数，他干脆打算把人冻挺了，再一剑解决。

花女早不复方才巧言令色，险险地躲过几剑，恶狠狠地盯着程潜，恨不能将他生吞活剥，她突然发出一声不似人声的尖叫，另一边完好的胳膊毫无预兆地从她身上脱落下来，血雾喷出了好几丈，空荡荡的双肩上两朵盛开的花倏地闭合，从她身上掉了下来，落地长出一片花田。

花田迅速将她的残肢与血迹吸收得干干净净，随即喷出一片浓重的雾气。

空中年大大正要探头去看，被李筠一把拽了回来。

“小心，”李筠说道，“你师父看得，你未必看得了，这女的大概是拼了，那是宿主的血肉养大的花田，别说吸一口，看久了都会落入花田幻境中……”

年大大一惊：“啊？那我师父怎么办？”

李筠笑道：“这也是撞在他手里了，他是聚灵玉之身，这些对他影响有限。”

话音未落，那花田中的花毫无预兆地倒了一片，一阵冰雪从天而降，将那些花粉坠了个干干净净，一身玄色的程潜神色漠然地现身，肩上却落了一朵娇艳得诡异的桃花。

几乎已经变成半个人棍的花女神色几变，最后目光落在了他肩头的桃花上，她突然前仰后合地大笑起来：“哈哈，你都已经不是肉体凡胎，竟还会动桃花劫吗？你们这些假正经的正道修士啊……”

此言一出，成功地惊动了周围好几个人。

她话没说完，程潜拦腰一剑已至，而就在这时，远处太阴山方向突然传来一声巨响，混杂着风声、巨鸟唳声、马嘶声、野兽咆哮声、洪水奔腾声……灌耳而来，惊天动地。

李筠脸色倏地变了："大师兄，速战速决，斩魔阵启动了！"

严争鸣尚未及回答，那一直缩在角落里的布阵魔修突然抬起头，脸上露出一个诡异的冷笑："速战速决？"

只见他一抬手，地面上原本的阵法突然翻天覆地地变化起来，转眼便面目全非，潇湘君被严争鸣一剑刮到了前胸，狼狈地落在地上，又惊又怒道："卢秋平，你做什么？！"

布阵人卢秋平已经掠至阵眼中："那韩渊的阵法不过是个没用的'听山阵'，你们还妄想凭借那个进扶摇山？简直好笑，交出你潇湘君之位吧，如今便让你们知道知道什么叫作螳螂捕蝉，黄雀在后！"

三个魔修居然在这节骨眼上狗咬狗起来！

所有人都因为斩魔阵的提前启动而混乱不已，唯有程潜一剑威势不减，充耳不闻地将那女魔修一剑两断。花女被腰斩成两半，上身却在地上匍匐三尺，汩汩的血流成了河，她脸上的花瓣挨个凋零去，转眼便面如金纸、皱纹丛生，一双被耷拉下来的眼皮盖住的眼睛里怨毒浓厚，她开口道："我送你一把桃花瘴——"

说完，花女整个人血肉横飞地原地炸开，自她开口，程潜便一直戒备着，此时手中霜刃挡在身前结成了一道冰霜之网，花女的血落在霜刃剑刃上，锲而不舍地开出大小桃花，却无一例外被那不得好死的凶剑冻成了残花败叶。

他这样一挡一拦，好巧不巧，花女自爆的一股桃花瘴正好往一侧倾倒，直入了那卢秋平的阵法中。卢秋平猝不及防，惨叫一声，蓦地用手捂住脸，阵法上毫无预兆地腾起三丈红烟，将他整个人围绕在其中，转眼化成了一尊粉红骷髅。

这变故生得太快太意外，一时间所有人都愣住了。

下一刻，异变再起，地面上一股饱含煞气的白光自太阴山飞扑而来，原本的斩魔阵居然悍然外扩了五十多里，将一行人全部纳入了阵法范围。

煞气冲入那被桃花瘴污染的魔修阵法中，白光、魔气与桃红香烟一时间混杂在一起，冲天而起。

这想必是世上最复杂的一个阵法了。

第六章

心魔谷

太阴山下，魔龙身影翻腾，严争鸣顾不上再和旁边这魔修纠缠，趁潇湘君惊慌之下，从众多白骨替身中逮住了他的真身，毫不留情地将其一剑劈成两截。

那绯红中带着血气的桃花瘴已经飞快地弥漫开了。

严争鸣喝道："走！"

他一回头，带着几分泄愤的意思拽住了程潜的肩膀，拎着程潜一并御剑而起，咬牙切齿道："桃花劫？"

程潜头一次避开他的视线，低了头。

严争鸣见他这样，非但没有消气，反而越发地肝火旺盛，一时间，内府中平静许久的心魔又有蠢蠢欲动之势。

严争鸣深吸一口气，心里烦躁地过了两遍《清静经》，险些将《清静经》叨叨成数来宝，这才勉强压下起伏不定的心绪，火下去了，灰自然浮了上来，严争鸣忽然有些心灰意冷起来。他头也不回地松开程潜：“回头再跟你算账，跟上！”

一行人剑似长虹般从空中划过，五十里路不过转瞬，身后的粉红瘴气不依不饶地追着，李筠回头看了一眼，小心翼翼地说道：“那个布阵的魔修可能是想借斩魔阵之力启动自己的阵法，没想到弄成现在这样，这桃花瘴与斩魔阵连上了，也不知会怎样，恐怕不好对付。”

严争鸣面似寒霜：“别人都看不出来吗？你少显摆两句会死吗？”

李筠一瞄他那一脑门官司的师兄，立刻知道自己这是被迁怒了，顿时识时务者为俊杰，不吭声了。

一来一往不过瞬息，然而太阴山下已经是风云变幻。

韩渊已入斩魔阵，而斩魔阵的戾气竟然更甚于魔龙。阵中没有来处的刀光剑影此起彼伏，飞花摘叶转眼变成冰锥雪刃，人在其中，不知道从什么地方就会冒出一把尖刀来，可能是身后，甚至是脚下，随时有被穿成肉串的危险，其中变幻莫测，即便是身在空中，也避无可避。

李筠眉头倏地一皱道：“不对，这阵法被人改动过！”

严争鸣：“什么？”

“斩魔阵神挡杀神、佛挡杀佛，杀气极重，催动者为了不伤及己方，一般会设有‘缺口’，只识魔气，不伤清气。”李筠飞快地说道，“但是这玩意明显敌我不分！”

他话音未落，便见一个黑衣人狂奔而出，看装束显然是天衍处的修士，他手中已无寸铁，惊惶狼狈得好像被猛鹰盯上的兔子，眨眼间，一柄钢刀毫无预兆地出现在他身前，修士不及反应，已经自己撞了上去，钢刀穿胸而过，自伤口处横冲直撞地划了个大十字，几乎将他一分为四。

落了个死无全尸。

严争鸣简直不知该说什么好，也不知道他们走的这是哪门子狗屎运，遭遇魔修，魔修之间互相狗咬狗，遭遇天衍处，天衍处又有人暗中叛乱！

此时前有深浅不知的斩魔阵，后有追得死紧的桃花瘴，身边还有一个从头到尾都不对劲的程潜！

李筠已经看见了斩魔阵中挣扎的魔龙：“大师兄……”

“搅浑水吧。”严争鸣说道，“眼下不管是算计人的还是被人算计的，都已经入了局，若不破阵，我们恐怕都要折在这里。”

李筠心惊胆战地看见他眼底有一道暗红色一闪而过，颤颤巍巍地提醒道：“我看你最好还是先保重自己。”

严争鸣充耳不闻，他必须要破阵，如果真被这玩意困住陨落在这里，那他真是死不瞑目。

他双掌竖在身前，轻叱一声，徐徐展开，双掌中出现了一把细小的木剑，木剑被拉宽拉长，而后白光一闪，凭空幻化出了青锋三尺。

这木剑一出，程潜立刻有种十分微妙的感觉，尽管不痛不痒，但他就是能清晰地意识到自己与那把木剑的联系。一股剑气以要劈开天地的威势，摧枯拉朽般地纵向斩下，好似紫电青霜，划过天际，只听一声巨响，整个斩魔阵外围竟被这剑所撼动，露出了清晰的边界来。

魔龙蓦地抬头。

这一剑顿时遭到了斩魔阵疯狂的反扑，天上落下密密如林的刀剑，不留缝隙地从上往下压了过来，随着乌云一同落在了严争鸣的剑上。利刃与利刃相撞，让人齿酸的“嘶啦”声似乎就要刺破耳膜，无数火花如长龙一般在空中渐次爆开，像同时开出了烟花万朵，照得傍晚夜空惨白如昼。

严争鸣胸口一阵翻涌，手上青筋暴跳，差点被逼出一口心头血来。

然而就在这时，他突然感觉手中这把元神之剑上传来一阵不属于他的力量，顺着他的手掌而上，顷刻抚慰过他受损的经脉。

与此同时，木剑上居然若隐若现地生出一层细碎的白霜。

严争鸣：“……”

这把前无古人后无来者的元神之剑里到底有什么？

严争鸣回过神来，简直快要气炸了——程潜那小子到底隐瞒了他多少事！

而在这个节骨眼上，桃花瘴已经不依不饶地追了过来。那桃花瘴一落入斩魔阵中，简直就像油星溅到了沸水里，“嘶啦”一声，干柴烈火。桃花瘴眨眼弥漫到了整个斩魔阵中，浓烈的香气四下漂游，每个身在其中的人都从那香气中嗅到了恐惧。

一个魔修的护体真元转眼被桃花瘴穿透，脸上露出恍惚神色，显得又古怪又缠绵，御物的速度越来越慢，终于毫无预兆地从天上掉了下去，他血肉干涸，原地变成了一只幸福的僵尸。

下一刻，龙吟响彻夜空，魔龙向着被严争鸣一剑逼出来的斩魔阵边界冲了过去，巨大的龙身怒而摆尾，狠狠地撞在那边界上。

天地动荡，山倾水覆，整个斩魔阵的火力顷刻间被韩渊吸引了大半，无数条雪亮的斩魔刀从四面八方逼将过来，接二连三地砍在魔龙身上。

魔龙咆哮着，怒目圆睁，转眼遍体鳞伤，他却不肯稍作停息，只一转身，再次义无反顾地往那阵法外围撞去。

李筠不由自主地将手伸进了自己的储物袋中，心里一念闪过，拿出了那把真龙旗，他将龙旗握在手中，手却剧烈地哆嗦着。一只手抓住了他的胳膊肘，李筠一惊，手顿时松了，真龙旗掉了下去，又被人一把捞回来。

“二师兄别动，这东西落到魔龙手中，你就是千古罪人。”程潜接住真龙旗，在李筠耳边轻声道，“你看好水坑和年大大，我想办法找阵眼。”

李筠一惊：“你……”

程潜将真龙旗卷入衣袖，离弦之箭一般冲向了太阴山下。

他身形闪过，斩魔阵中无数斩魔刀拦截他，霜刃一路眼花缭乱地在他手中上下翻飞，程潜在刀山中硬辟出一条道路，随着他人影过处，被白霜冻在原地的利器从空中一直排到了地面，就像拖出了一条森冷非常的白练。

程潜周身真元疯狂地转动，径直转入五官六感——如果李筠猜得没错，这样大的一个斩魔阵，绝不是人力能催动的，阵眼肯定有某种天地灵物。程潜原身聚灵玉，对灵物的感应比一般人强得多，虽不一定能找到，但总要碰碰运气。

突然，一道人影径直拦住了程潜的去路，程潜想也不想，一剑横了过去，两股剑气当空撞在一起，来人险些被他一剑掀出去，口中忙叫道："前辈住手！"

来人正是游梁。

程潜当然看清了是他，但一点面子也不给，他早就看天衍处这帮搅屎棍子不顺眼，打算将挡路狗一概削死不论。

他第二剑转眼便不留情面地追至，霜刃的剑锋在空中留下了一个巨大的白圈，游梁不敢硬接，慌忙退后让路："前辈且慢，我知道阵眼在什么地方！"

程潜瞥了他一眼，冷笑道："我从不相信天衍处的狗。"

"程前辈！"游梁眼角通红，"这里面还有太阴一带三万守军，有我带来的师门弟子百十来个，就算我猪狗不如，又怎能眼睁睁地看着他们陨落在这里！"

程潜脚步一顿，片刻后，他瞥了那快要哭出来的年轻剑修一眼："带路。"

说完，程潜手指一弹，一道刺目的白光从他手中飞出，直上九霄云上，当空炸成了一把风雪，将所有人的目光全部吸引过来，连正在冲撞斩魔阵的魔龙也原地化成人形，抬手一抹嘴角血迹，神色冷淡地远远望向程潜的方向。

游梁一咬牙，知道在太阴抓住魔龙的任务已经不可能完成，狠心道："跟我来。"

说完，他长剑一挥，扫开了一条细窄的通路，一路险象环生地带着程潜往太阴山脚掠去。

太阴山脚下一棵大树上挂着几具尸体，游梁头也不回道："这几人私自篡改斩魔阵，我已经将其处决，只是这阵法已经停不下来了，前辈请看——"

那太阴山脚下有一个巨大的旋涡，仿佛沧海暗潮般险恶地旋转，尖刀利刃摩肩接踵地在其中隐而复现，单是远远地看，游梁这样的元神剑修已经被那排山倒海的杀意冲得几乎站不稳。

程潜顺手从一具尸体身上摸出一把短刀，刀是好刀，他一入手就知道，刀柄上的符咒相当精致，也是大家制作。他将短刀拿在手中掂了掂，随后在其中灌入真元，用了八分力将那短刀往大旋涡中一推。短刀含着风雷之力呼啸而去，下一刻，却只听一阵可怕的"叮当"乱响，短刀外面的三层符咒转眼烟消云散，刀被绞成了一堆废铁。

钢铁尚且这样，遑论肉体凡胎。

程潜手掌一翻，身上开始挂上寒霜，一团真元在他手中膨胀起来。

这时，严争鸣赶到了，一见此情此景，立刻错身上前，自上而下地拍下一掌，要压住那团真元，同时厉声喝道：“收回去！”

眼看那戾气十足的真元要撞上严争鸣的手，程潜忙一翻手掌将它拢回袖中，严争鸣一掌落下，戛然而止在程潜脸侧，看起来就好像一巴掌要打下去。

严争鸣脸色几变，从牙缝中挤出一句话：“谁给你的胆子这样试探斩魔阵阵眼！”

程潜不吭声，看起来简直就是无声的对抗，将严争鸣气得七窍生烟。

这时，不远处传来一声冷笑，韩渊不知什么时候也赶到了，他是百无禁忌，抬手便是一道暴虐的魔气打了出去。

魔气在空中化成了一条黑龙，一抬头，将周围的桃花瘴吞了个干净，旁若无人地冲向那大旋涡。

地面震颤起来，阵眼仿佛受到挑衅，旋涡陡然大了一倍，一时间天昏地暗，风也成刀、沙也成剑，黑龙被绞在其中，游梁也险些被卷进去，所有人的护体真元全都不同程度地出现了裂缝，只好一同后退。

严争鸣：“这个疯子！”

话音未落，那魔气凝结的黑龙突然惨叫一声，竟原地消散，露出了人体的韩渊！

韩渊脸色铁青，脚下踉跄了一下，显然是受伤不轻，不过都这样了，他还要打肿脸充胖子，傲慢地冲游梁笑道：“贵派窝里斗的能耐天下无双，韩某今日真是领教了。”

程潜摸了摸自己袖中的真龙旗，忽然低声道：“也许我倒可以试试。”

严争鸣没好气地瞥了他一眼，程潜将真龙旗露出了一角，并飞快地往韩渊的方向扫了一眼，严争鸣先是一愣，随后立刻会意。两人何其默契，一个眼神交换完，立刻同时动了手。

程潜突然放出真龙旗，他可不是卞小辉那废物，雄厚的真元一股脑地灌进了龙旗中，上古神龙魂长吟而出，金光万丈，竟仿佛是个活的。

上次他们侥幸拿下真龙旗，不是因为上古龙魂弱，而是催动旗子的卞小辉太废物，那旗子才一展开便脱离了卞小辉的控制，只能靠龙旗上附着的那一点不纯的真元支撑龙魂，就这样，尚且能把几大高手逼到那地步，何况这次催动龙旗的是程潜。

韩渊先是愕然，随即意识到此物是什么，脸上一瞬间闪过狂喜，他才刚要出手，严争鸣已经早有预料似的，一剑送到他眼前。韩渊被迫接招，可惜他先前已经被斩魔阵所伤，气力不继，一时间被严争鸣的剑困住了。

神龙出世，斩魔阵激荡不已，程潜将霜刃收起，握住龙骨，龙骨在他掌中化成了一根长枪，他飞身而起，借着神龙庇护，紧跟着闯入斩魔阵这毁天灭地的阵眼中。

纵然有神龙在前,扑面而来的杀伐之气仍然让程潜胸口一滞，周身护体真元一瞬间便被绞碎了，他双手握住龙骨枪，在胸前画了个圆，神龙当即卷成一团，将他围在了中间，耳边钢铁碰撞的声音此起彼伏，刀剑旋涡中的利刃雨点似的落在神龙身上。

龙魂周身的祥瑞金光转眼便暗淡了下去。

程潜只好强提一口气，将周身真元全部推入真龙旗中。

那一刻，他就好像小时候没轻没重刻符咒一样，起身时气海近乎枯竭，经脉难以承受，浑身蔓过针扎一样细碎的疼痛，龙魂却突然大炽，那神龙张开嘴，竟吐出了一对金灿灿的龙珠。

那一双龙珠看起来圆滚滚的没什么用，居然意外通灵性，左突右撞，竟艰难地在旋涡中开出了一条窄路，让程潜一眼看见阵眼中心，有一个闪着光的东西。

程潜丝毫不顾体内就要干涸的真元，在已经没力气御剑的情况下，他纵身跳上了龙背，身体伏低，从刀光剑影中硬闯了过去。后背上很快布满了大小深浅不一的伤口，他整个人就像一条砧板上的鱼，而那神龙怒吼一声，长驱而入，紧随着龙珠抵达了阵眼中心。

程潜已经是强弩之末，再顾不上辨认那阵眼究竟是什么玩意，长枪一挑，直接伸手抓进了手心。

这一抓，手心传来难以描述的灼痛，他忍不住痛哼一声。

阵眼移位。

只听一声巨响，周遭密布的尖刀顷刻间全部转向，先慢后快地直冲上天，斩魔阵外围“嘶啦”一声，当场分崩离析！

地面上炸起无数大小坑洞，原本困在阵中的魔修与天衍处修士全顾不上再争斗，满脸的劫后余生。

这时，那神龙这才缓缓落地。

程潜一口气没上来，直接从龙背上滚了下来。

严争鸣丢下韩渊，一息间已经到了程潜近前，一把接住他，还没来得及察看程潜伤势，周遭桃花瘴纷纷而下，落在地上，转眼铺就了一层又鲜嫩又可怖的粉红花海，疯长起来。

韩渊冷哼一声，甩手放出一团业火，将花海烧成了一片焦黑，浓烟满载着怨气冲天而起。

那让所有人都呆住了的变故就是此时发生的——

浓烟好似惊动了什么，天上掉下了一道惊雷，随后四方一声巨响，只见天幕中，从方才那斩魔阵中的无数斩魔刀归处开始，突然裂开了一条缝。那裂口逐渐扩大，从天上一直裂到了地面，仿佛将整个空间都撕开了，里面所有活物与死物都一同被卷入了裂缝中。

转眼间，严争鸣与程潜，还有那把真龙旗，便一同消失在了原地。

程潜醒过来的时候，发现周遭暗得很，天好像已经完全黑了。他第一感觉是疼，随即是冷。按理说，他在冰潭边上住了五十年，身上每一根骨头都被冰潭炼过，早该丧失了“冷”的感觉。此地却又与真正的天寒地冻不同，这里仿佛有一股阴森森、带着生命力的凉意，绵长又细碎，不动声色地往人骨头缝里钻。

像是一把温柔的杀意。

人在此间，浑身都变得沉甸甸的，心神稍一松懈，就会被那种疲惫与倦怠感缠上。

程潜皱皱眉，这是什么鬼地方？

霜刃依然挂在腰间，程潜稍微活动了一下僵硬的手指，发现长枪已经变回了龙骨，龙魂也回到了旗中，真龙旗正被他紧紧地捏在掌心。

这两样不该丢的东西都在，他放心了些。

程潜正要爬起来，伸手一撑地面，掌心处却传来一阵尖锐的灼痛，他这才想起那被他抓在手里的斩魔阵阵眼。然而抬手一看，他掌中却是干干净净，非但没有想象中焦黑的血肉模糊，连剐蹭的小伤口都没有半个。

随着程潜心念一动，他掌心忽然有白光一闪，掠过了一个小小的圆弧形印记，再仔细一看，那仿佛是个人耳的形状，只出现了一瞬，转眼就没了。

除了残存的灼痛和莫名其妙的印记，倒是没有其他异处，程潜只好先将其放在一边。这一番挣动，身后大小伤口登时被撕裂，他轻轻地“嘶”了一声，打算打坐调息，先疗伤再说。这时，程潜听见旁边传来了严争鸣的声音。

“不要妄动真元。”严争鸣坐得离他很远，声音有些暗哑，“要是我没猜错，我们现在可能到了那心魔谷底，正在不悔台附近——你身上有外伤药吗？”

“没有，我又不是跑江湖的，”程潜用龙骨拄地，站了起来，“这是怎么回事？师兄，你没事吧？”

“我没事，你坐着别动。”严争鸣道，“斩魔阵的动静太大，我们破阵时惊动了真龙魂，韩渊那没轻没重的蠢货还一把火烧了桃花瘴，这下‘天龙、地魔、人欲’都凑齐全了，无意中将不悔台外围封印撕开了一条缝，我俩当时位置比较寸，被卷进来了。”

这次出门之前一定是没看皇历，什么倒霉事都赶上了。

严争鸣仿佛压抑着什么，深吸了口气，继而又迟缓且粗重地吐出来，有气无力地低声道：“没关系，扶摇派历代看守心魔谷，掌门印还在我身上，它肯定有出去的办法，你不要随便动真元，先自己处理一下伤口。”

程潜的伤都在后背上，用凡人的方式处理很不方便，他微微活动了一下肩膀，感觉也没伤到筋骨，便索性丢在一边不管了。

程潜没将皮肉伤放在心上，却感觉到了严争鸣十分不对劲——他小时候和一干散修动手打架，后背不过被降魔杵抽了一下，大师兄都会骂骂咧咧地亲自给他上药，怎么这次他被斩魔阵划成了一片毛坯，就变成“自己处理”了？

程潜站起来向他走去：“师兄，你到底怎么了？”

严争鸣疾言厉色道：“我说了别过来！”

他这一嗓子吼得几乎破了音，程潜脚步顿了一下，继而根本不听他那套，大步走了过去。

严争鸣蜷缩在一个比周围还要暗一些的角落里，若不是修士目力惊人，几乎连他人在哪都找不到，黑暗让严争鸣五官模糊，唯有眉心一道淡了好久的心魔印再次出现，那暗红色的印记分外显眼，像一道艳丽的伤疤。

程潜一愣，抬手要摸向那印记："这是……是受心魔谷影响？"

严争鸣没地方躲，只好老僧入定似的闭目不语，若不是他眉目间浮躁的戾气几乎要破面而出，看起来还真像那么回事。随着程潜靠近，严争鸣的眉梢剧烈地颤动了起来，他仿佛在忍耐着极大的痛苦。

终于，他忍无可忍，一把抓住了程潜的手腕。

严争鸣手掌如铁钳，掌心温度滚烫，近乎灼人，眉心的暗红印记越发鲜艳，如血似的，殷红一片。

他攥着程潜的手腕，痛苦地弯下腰去，呓语似的低声道："别过来……小潜，算我求求你了……"

程潜不是不知道什么叫作"心魔"，却第一次知道有人能被心魔折磨成这样。

将他困在心里的到底是什么？

程潜惊疑不定地观察了严争鸣片刻，虽然觉得自己这样窥伺不大好，此时却也顾不上那么多了。

他心里暗道：师兄，对不起了。

随即，他催动神识，连上了木剑中的元神碎片。

奇异的两处视角再次出现，程潜透过木剑中封存的元神碎片，清晰地看见严争鸣紊乱成一团的内府，只见四下里真元乱窜，连剑气也跟着蠢蠢欲动，若不是有本命木剑勉强镇着，还不知道得成什么样子。

缭绕的心魔如一缕一缕的黑云，在严争鸣闭目打坐的元神旁边上下翻飞，死死地纠缠着他。这时，程潜从那黑红色的心魔云中看见了一张一张的人脸，他忽然就怔住了。

心魔中的人正是他自己。

下一刻，那缭绕的心魔化成一缕黑烟，落地成了人形，那人仿佛感觉到了什么似的，回头看了看那把木剑，露出一个熟悉又陌生的讥笑，而后他缓缓地向严争鸣打坐的元神走去，轻巧地跪了下来，伏在他的膝盖上。

程潜："……"

他头一次认识这么会搔首弄姿的"自己"，已经不知该作何反应了。

顶着程潜模样的心魔仰头掰过严争鸣的下巴，默默地注视了他片刻，见他不肯睁眼，便一声轻笑，伸出苍白的手指尖，缓缓地摩挲过打坐的元神的嘴唇，轻声道："师兄，你怎么不看看我？"

内府外，严争鸣攥着程潜手腕的手指蓦地收缩，将他那腕骨攥得"咯咯"作响。

程潜狼狈地将自己神识收回来，半跪在地上，心里一阵空白。

“所以那个心魔是我？”程潜怔怔地想道，“不可能吧？”

严争鸣弯下腰去，嘴角已经浸出一丝细细的血迹。

程潜回过神来，意识到此时不能任他这样下去。

“大师兄，”程潜腾出一只手，按住严争鸣的肩膀，轻声道，“凝神，这里是心魔谷，你不要受它扰乱。”

严争鸣闻言睁开眼，眼神迷茫，痴痴地看着他。

程潜的心蓦地开始狂跳起来。鬼使神差地，程潜低声问道：“师兄，你的心魔到底是什么？”

有那么一刹那，他看见严争鸣嘴唇微微掀动，答案呼之欲出。

程潜后脊出了一层冷汗，杀得伤口又疼又痒，一辈子没有这样紧张过。

可是很快严争鸣的眼神就在挣扎中清明了过来，狠狠地推开程潜……没推动。

严争鸣双手在控制不住地颤抖，被心魔折磨得整个人都脱了力，他按在程潜肩头的手指一没留神，滑入手臂上方一道刀伤伤口里，那冰冷的血迹还没干透，沾了他一手，严争鸣忙将手缩了回去：“你……”

程潜看也不看流血不止的肩头，漆黑的眼睛比一切黑暗更加浓郁深邃，短暂尖锐的疼痛好像刺激了他，程潜明知自己不应该这样，心里却还是无法抑制地沸腾了起来。

他步步紧逼道："你明知道心魔越捂着、越是讳莫如深就越严重，为什么不能说？有什么好隐瞒的？"

严争鸣："放开……"

程潜："师兄！"

严争鸣红着眼低吼道："程潜，你想造反……"

他的话没能说完，程潜突然用力将他抵在墙上，一下便把严争鸣所有的话都堵回去了。

程潜平生不解风情，更不识风月，非礼勿视做得十分到位，连经楼里的假《清静经》都没敢细看。严争鸣脑子里却"嗡"的一声，三魂七魄惊出了九霄云外。他急喘一声，不由自主地收紧手指，死死地攥住程潜的衣襟。

"恕我以下犯上了，师兄，"程潜已经紧张过了头，表面上看来，他几乎是冷静的，甚至用一种死猪不怕开水烫的语气道，"你现在打算将我关去思过，还是打算清理门户，要么干脆打死我？保证不还手。"

严争鸣："……"

这惊吓来得太惊心动魄，连兴风作浪的心魔仿佛都不得不退避三舍。

程潜这番大逆不道的话一出口，心里突然就痛快了，他把心一横，握住严争鸣扣住他衣襟的手：“斩魔阵里，你想问我肩上桃花劫是怎么回事，大师兄，我现在说，你听吗？”

这时，在严争鸣内府中，心魔重新凝结成了程潜的模样，悠然地从身后搂住他的元神，在他耳边说道：“师兄，你想要什么我都给你，你敢要吗？”

这两面夹击，严争鸣简直分不清何处是真、何处是假。

内府中的心魔伸出手指，轻轻地抚过他元神之眉心，低声道：“师兄，我心无旁骛，百年清修，天劫都不能动摇一二，如今毁在你手里，你高不高兴？”

那话好似一盆冰水，混着心魔谷中无边寒意兜头落下，浸入他每一寸骨节中。

严争鸣面色惨白，无言以对。

那心魔时而软语笑道：“师兄，人生在世，何苦道貌岸然？”时而冷冷地怒斥：“严掌门，监守自盗，无视纲常，何其无耻！”时而幻化作少年程潜的模样，胸口带着空荡荡的一个血窟窿，幽幽地看着他：“师兄，你不是说让我不用担心，凡事有你吗？”

“师兄……”

严争鸣整个人在极冷与极热中来回摇摆，额头见了汗，一时间双目近乎赤红。

程潜没料到自己将掌门师兄气成这样，正无措，忽然瞥见他眉间心魔印，那细细的一条缝隙红得快要滴出血来。

程潜皱眉，接着，他借由木剑上的元神碎片，悍然抽出神识，再次闯入严争鸣内府之中。

这一进去，先被那漫天心魔吓了一跳，所有心魔都顶着他的模样，神态表情却又各有不同，越来越浓重的黑气在剑修的内府中翻腾起落，贪婪地吸取着此间真元，幻化出更多的幻影。

程潜一开始只觉得头皮发麻，任谁看见几百几千个自己聚在一起都会觉得不寒而栗，可是下一刻，他听清了那些心魔七嘴八舌的话。程潜的目光突然冷了下来，胸中生起无来由的愤懑。

你们怎敢这样逼迫他？还要顶着我的模样？

他一挥手，通过木剑中同出本源的元神催动了严争鸣内府中的木剑，木剑应声而起，剑身上拢了一层白霜，风卷残云似的冲入心魔之中，将那些乱舞的群魔一并撞了个稀散。

心魔仓皇逃窜，接着又重新汇聚成一团厚重的黑气，不依不饶地盘踞在严争鸣内府之上。

严争鸣气海翻涌，喉头一腥，一股血气险些冲到喉舌，被他堪堪忍住了。他短暂地清醒过来，有些自暴自弃地冲程潜摆摆手，有气无力道：“别胡闹了。”

“我从不胡闹。”程潜目光一敛，忽然露出了一点笑意，“你要是嫌我以下犯上，肯把我逐出师门，那就更方便了。”

严争鸣无话可说，一时间弄得他哭笑不得。

可是最初的震动过去，严争鸣还是察觉到了不对劲——程潜只有损人和动手的时候最直白，为人实际很内敛，喜怒哀乐都不大外露，露也大多是装的……就算他真心实意，也是自己心里真，绝不会这样一而再、再而三地挂在嘴边。

更何况是在他俩莫名落入心魔谷，还不知道该怎么出去的场合下。

严争鸣神智一清醒，脑子顿时活泛了，他突然想起了斩魔阵里木剑上挂起的古怪寒霜，立刻将方才种种都抛到一边，逼问道：“你知道了什么？程潜，我再问你一次，那把木剑里有什么？”

程潜：“……”

如果不是他亲眼在严争鸣的内府中看见千百心魔化身，他还得以为这都是自己自作多情。

严争鸣揪住他的衣领：“你到底是怎么把扶摇剑意放入木剑中的，给我说实话！”

方才还振振有词的程潜哑声了。两人僵持片刻，严争鸣一时有些心力交瘁，推开程潜，摇摇晃晃地站了起来："你不说就算了，我不管你因为什么知道了……但不过区区心魔而已，剑修进入剑神域，从来都是一步一心魔，那又怎样？我既然走到了这一步，便还不至于压制不住，谁要你来可怜我，哄我？"

说着，严争鸣瞥了他一眼，从怀中摸出一枚拇指大的印石，手掌在上面轻轻一拢，印石上便升起了幽幽的一层白光，照亮了幽暗的心魔谷底，他转身背对着程潜，故作轻松地说道："今天我不跟你计较，走吧，我们找找出路……"

程潜一把拽住他，严争鸣脊背一僵，使出了浑身的力气才堪堪维持住掌门师兄的颜面，正要呵斥，便听程潜咬牙切齿道："你一天到晚好吃好喝，除了败家就是臭美，我可怜你什么？"

严争鸣脑子里"嗡"的一声："你……"

"这还要我怎么说，你听不懂人话吗？"

第七章

传承

人生无根蒂，飘如陌上尘。

分散逐风转，此已非常身。

入了仙门便能超脱尘世吗？

神通广大便能万事随心吗？

翻云覆雨之大能者如童如，如今又魂归何处了呢？

何况他们这些茫然不知所谓的小辈。

严争鸣没见过童如真身，对他并不熟悉，心里却总对师祖怀有几分隐隐的芥蒂，有时候他会忍不住胡思乱想：若不是童如多管闲事，做什么足下堂，就不会引得别人猜忌，不会牵涉进三生秘境。

就算进了三生秘境，若是他不那么偏激，不那么迷信先知，安分一些，不要那么一意孤行，听一听朋友的劝，或是心里没有那么多非分之想……

说不定师父不会死，更不会落到黄鼠狼的残躯里。

扶摇派也不至于一蹶不振。

他们几个会像白虎山庄那些个不成器的傻弟子一样，修为就一点，心眼也只有一点，一看就没怎么见过世面，出门办事必然办砸，几个魔修就能摆弄得团团转。没有人叫他掌门，也没有人叫他前辈，他只是个不怎么成器的大师兄。

然而严争鸣又是最了解童如的，他在掌门印中多次重温童如走过的那条路，每回顾一次，他便要战战兢兢很久，手里握着这块掌门印，他如履薄冰，如临深渊，不敢有一时片刻放松，总在提醒自己以人为鉴，万万不能步师祖的后尘。

他要清静，要自在，要寡欲，要心宽……

可是此时，严争鸣听见了背后传来的程潜的心跳声，他对童如的一切芥蒂忽然就烟消云散了。

“非分之想”若能压抑，又怎会产生呢？

他长久以来筑在心里的大坝，像是沙土堆的，岌岌可危地装出巍峨的样子，一根手指就能让它分崩离析。人一生中，若是没有那么一时片刻，感觉天地颠倒，粉身碎骨也心甘情愿，纵然将来飞升入大道，又有什么趣味可言呢？

“你还在等什么呢？”严争鸣心里有一个声音这样问，“像童如那个傻子那样，等到海枯石烂、阴阳两隔吗？”

严争鸣轻轻地将程潜的手摘了下去，转过身盯着程潜的脸，克制着低声问道：“你可知你所言所做有违天理伦常？你可知修行中人须得……”

程潜面不改色：“师父让我自在。”

严争鸣厉色道：“可师父没说让你放纵！放纵七情六欲，你就不怕飞升的时候，被天劫劈糊了吗？”

程潜一笑：“那你身陷心魔，合的又是哪门子道？”

严争鸣无言以对。

程潜看着他，一字一顿地说道：“师兄，我不怕天劫，只怕你。”

严争鸣听了这话，心里“轰隆”一声，他想：完了，万劫不复了。

他呆立良久，脚下仿佛生了根，心花不曾怒放，反而凭空添了一把说不清道不明的悲意。

“小潜，”他最后挣扎了一下，“你会后悔。”

程潜轻轻地叹了口气，无奈地看着他：“师兄，你先把眼泪擦一擦吧。”

“过来。”严争鸣伸手将程潜拽了过来，神色绷得太紧，看起来有几分异样的冷淡。他端着这样的冷淡想道：“我对不起小潜。”

接着，他一把搂住程潜，程潜本能地往后仰了一下头，却被那双手臂牢牢地锁住了，只觉得整个人都被那股熟悉的兰花香笼罩住了，这突如其来的异样亲密弄得程潜头皮与腰间一起发麻，脊梁骨僵成了一根棒槌，久闻其名而未见其真容的红尘千丈密不透风地将他包裹起来。

严争鸣忘情地抱着程潜，心道：“我也……对不起师父。”

他眉间的心魔印在不知不觉中变成了纯正的朱砂色，继而收成了一滴血，没入额间，胸前掌门印却蓦地发出刺目的白光。

严争鸣回过神来，不知道掌门印又吃错了什么药，将额头抵在程潜的肩膀上，他闭了闭眼，说道：“先走，这里不是好待的地方。”

掌门印爆出的白光投射到了地上，落成了一片羽毛的形状，随着内里白光闪烁，羽毛轻轻地抖动，好像在前面指引着方向。严争鸣微微举起手中那会发光的小印石，循着带路的羽毛追了过去，对程潜道：“跟上。”

程潜借着白光，看了一眼他恢复了些血色的脸，稍微放下心来，说道："对了，你那……"

严争鸣不知想岔了什么，截口打断他道："不行！不可能！别做梦了！那本叫什么《有情众生》的邪书已经被我烧了！"

程潜沉默片刻："……我是想问你那句'剑修一步一心魔'是什么意思？"

以己度人的严掌门这才发现，不是所有人都像他一样热衷于不学好，顿时尴尬得连头也不敢回，干咳了一声，他声气不由得弱了三分："剑修戾气重，杀气重，前期又重锻体轻修心，刚开始不明显，越到后面越容易生心魔。这是入门的时候师父跟我说的，他说'同样的修为与境界，动起手来，剑修是头筹，因此这条路也特别难走，修炼更艰难，痛苦也更多'。"

严争鸣说到这里，一直紧绷的嘴角终于露出了一点若有若无的微笑："我当时听了这话，第一反应就是央求师父废去我的气感，坚决不当剑修，一定要换个别的道来入。"

他很少主动提起过去的事，程潜静静地听着，感觉这话像是大师兄能说出来的。

"后来师父吓唬我说，废去气感可以，但这个过程无异于滚钉床、下油锅，好多熬不过去的干脆就蹬腿死了，一了百了，也不必在乎从哪儿入道了。"严争鸣自嘲道，"我居然就信了他的鬼话，自己权衡了一下，虽然走剑修道让人痛不欲生，但好歹比真死强，只好妥协了。”

程潜注视着他的背影，随着他的话音，不由自主地想起初见严争鸣的光景。温柔乡比群妖谷的妖气还重，他循着那股妖气第一眼看见了大师兄，当时他就想：“这个人可真好看。”

不过下一刻，他的感想就变成了：“这个人可真不是东西。”

“那你这个……”程潜抬手轻轻蹭了一下自己的眉心，“是什么时候开始的？”

严争鸣沉默了一会儿：“我不知道。”

是朱雀塔吗？还是扶摇山庄？或是百年离索间……乃至于年少轻狂时的青龙岛上？这样浮光掠影地想一想，便觉千头万绪，悲恨相连，个中微末欢喜如尘，间或一闪，未及看个分明，便又无处寻觅了。

严争鸣百感交集地看了程潜一眼，伸手理了理他额前乱发，轻声道：“不知道，别问了。”

程潜从善如流地转开话题，说道：“也不知我们在这里被困了多久，太阴山怎么样了？”

严争鸣道：“天衍处弹尽粮绝，韩渊估计也是强弩之末，谁也管不了谁了，就怕斩魔阵后，天衍处没有后招。”

程潜默然，没见识过不清楚，亲眼经历一番他才明白，如果没有天衍处的叛逆暗中偷换阵法，如果不是他们恰好被卷进来，如果不是李筠手里恰好有一面真龙旗，没人能单枪匹马地破阵。

吴长天在扶摇山外设下陷阱，绝不只是为了削弱韩渊的战力，这是一个杀局。

而如今斩魔阵破，恐怕天衍处再没有什么能阻挡韩渊的脚步，他会直入太行山，将那一干自不量力妄图阻挡他道路的修士全都屠戮殆尽，继而北上京师，报他和天衍处、和凡人朝廷之间的仇——

“天衍处死有余辜。”严争鸣说道，“那个什么京城里坐龙椅的——我也绝对不相信他是个凡人，他每天自称万岁，能容忍自己几十年就须发斑白地老死荣华，看着手下区区一个天衍处源远流长吗？不可能的。”

程潜想了想：“修士不过问俗事，基本是约定俗成的，凡尘琐事容易分心，如果不是资质顶尖，必定妨碍修行，他怎么能又当皇帝又想长生不老？”

“皇家有的是钱，有的是渠道，功法与丹药想要多少有多少，炼不成拿药灌，”严争鸣说道，“再说你没听出吴长天那个意思吗？天衍处在朝廷中肯定受制于什么人，他们这些感觉自己无比正义、视人命为草芥的假清高，怎会受制于凡人？反正这些人是爱死不死，与咱们也没什么妨碍，可是韩渊这一路率群魔北上，杀孽必然深重，到时候我们是杀他还是不杀？”

就在这时，严争鸣脚步一顿，他顺着一个方向望去，只见那里似乎传来了一道微微的光。

引路的白羽毛径直循着那光芒而入，顺着光源方向走了约莫一炷香的时间，视线豁然开朗。

只见一道石阶跃然眼前。

石阶或依山，或依楼，层叠而上。可这里的石阶却什么都没有，一层一层凭空罗着，通天似的，一眼望不到头。

程潜忽然觉得体内真元好像被某种不明的力量压制住了，他一时间真真正正地变成了凡人，站在石阶下，好似虫蚁一般渺如无物：“这是……”

严争鸣皱了皱眉，道：“不悔台。”

不悔台高十万八千阶，此间所有飞天遁地者皆如凡人，必由自己一步一步走上去，程潜第一次知道什么叫仰断脖子，普通人单是仰望便已经心生畏惧，遑论亲自上去。

严争鸣试探着上了一步台阶，还没站稳，迎面一阵罡风便掀了过来，他反应过来自己护体真元已经不在的时候，那阵风已经逼至眼前，严争鸣连忙后撤一步，从石阶上翻了下来，饶是他动作敏捷，依然被刮坏了一条袖子。

剑神域的剑修方才踏上一步，已经铩羽而归，十万八千阶，童如究竟是怎么上去的！

两人心下都是骇然，严争鸣心道：我原以为师祖是一般的想不开，没料到他这么想不开！

程潜却想起他不多的几次与北冥君的接触，那时候他还小，也看不出北冥君如何厉害，直到此时，他才发现自己和师祖之间天堑一样的鸿沟。

他正入神，严争鸣忽然在他耳边拍了一下，程潜激灵了一下清醒过来。

“我知道你在想什么，”严争鸣说道，“他从三生秘境里出来的时候已经走火入魔了，疯子与常人不同，他走的路你走不了，不一定是因为他有多厉害。这不悔台邪门得很，别在此逗留。”

程潜一只手垂在身侧，轻轻地敲打着霜刃的鞘，边走边道：“若是你，你会上不悔台请那块心想事成石吗？”

严争鸣心道：真会问。

如果他心里的执念不是正好与童如重合，在掌门印里，他的神识又怎会附在童如身上？如果他不知道走火入魔的滋味，又怎么会在锁仙台上强提自己的修为，不管不顾地直接闯进去呢？

倘若他与童如易地而处，会不会上不悔台？

简直不必问。

当然，这些话不需要对程潜提。说一套做一套的严争鸣义正词严道：“当然不会，悲欢离合，阴晴圆缺，都是人间常态，你既然尚未飞升成仙，便仍然是凡人，你若是自知，就该明白，既然是肉体凡胎，哪能事事顺心，总有力有不逮时，求而不得也未必不是修行，若是事事偏激求全，肯定不能长久。”

多么冠冕堂皇……

程潜听了没答音，偏过头笑了一下，却依然被严争鸣敏锐地捉住了。

严争鸣皱眉道：“你笑什么？”

“笑你说得比唱得还好听。”程潜不留情面地揭发道，“方才也不知道是谁困在心魔里出不来。”

“你现在闭嘴我可以不跟你计较。”严争鸣噎了半晌，转过身，站在两步以外，将没说出口的下半句话挂在了眼角眉梢上——“快点滚过来道歉。”

程潜无言片刻，心道：助长了这种脾气，以后怎么好？

随即，他又暗自摇摇头——算啦，他不是一直这副德行么。

于是程潜敷衍地拱手道："是，师兄大人大量，说得和唱得一样好听——对了，如果这里就是扶摇山的后山，我们能从这里回去吗？"

"想多了，"严掌门大尾巴狼似的说道，"扶摇山是扶摇山，心魔谷是心魔谷，两者虽然比邻而居，却不是封在一起的……咦？"

他刚说到这里，就看见不悔台后面居然有一道门，严争鸣话音一时卡住，心道："这乌鸦嘴，刚说了就打脸，不会真能过去吧？"

掌门印中引路的羽毛飘飘悠悠地落到了门上，消弭不见了，门上有一个小小的凹槽，与掌门印的形状如出一辙。

严争鸣试探着将掌门印解了下来，小心地塞进了凹槽中，严丝合缝，仿佛本来就是长在一起的。

这时，震耳欲聋的隆隆声响起，一道十来丈高的大石门露出了形迹，缓缓打开。

门里突然飞出三块木牌，分别刻着"天""地""人"三个字，严争鸣本想一把抓过来，谁知他手刚一伸向"天"字牌，其他两块便有向后退去的趋势，竟是三者只能择一的意思。

"选了'天'字牌，是立刻就能飞升上天了吗？"严争鸣玩笑道，“你选不选？”

程潜不吭声，带着一点笑意看着他，看得严争鸣老不自在地嘀咕道：“别老勾引我。”

说完，他想也不想地摘下了“人”字牌，只听“咔嗒”一声，掌门印自动从那大石门上脱落下来，径直回到他颈间，下一刻，那木牌上突然白光大炽，周遭不悔台与古怪的石门全部远去，眼前光阴一样闪过无数人与声音，嘈嘈切切——

从“扶摇”二字落成，古老的石碑奠定数千数万年的传承，九层经楼落地而生，门口大的、小的、胖的、瘦的足迹渐次闪过，或浅如轻纱，或深入石体，然后它们全部消失殆尽，唯有幽潭涧边的草木，年复一年，渐成碧涛。

沧海与桑田，落在千古未改的细雨微风下，经久不衰的唯有枯荣轮回。

此乃三极正中的人道。

两人脚下，一个巨大的法阵好像徐徐点燃的烽火一样铺展开，耳边传来一声不知何处而来的叹息。

程潜一愣：“这是韩渊那日在扶摇山外画的那个。”

严争鸣：“嘘——”

他抬手盖住了程潜的眼睛：“你仔细听。”

那个布阵的魔修说过，此阵名为“听山阵”，能听见什么呢？黑暗深处，先是传来细碎的虫鸣，继而有不明显的水声，风吹过草地，旁边似乎有个人翻了个身……

严争鸣低声道：“好像是后山。”

后山山穴幽潭旁的草地上，几个少年带着一个不知是人是妖的小东西，饥寒交迫地等着师父，就不知不觉地睡着了，迷茫中半睡半醒地睁了一次眼，灌进耳朵里的就是这样的声音。

接着是风吹竹林，一股竹叶香仿佛呼之欲出，有细细的竹笔杆敲打着石桌，发出清脆而微带一点回旋的声音，下一刻“哗啦”一下，仿佛是纸张被风掀起，却并没有吹远，似乎是被什么东西压着一角，只是响个不停。

这是清安居。

两人谁也没吭声，默默地听了半晌，仿佛围着扶摇山走了一圈，直到脚下法阵暗淡，最后一丝光消弭在黑暗之中。

原来那天韩渊一个人偷偷跑到扶摇山下，气势汹汹地布下个看似凶险的阵法，就只是为了听一听扶摇山的声音吗？

程潜心里一时不知是什么滋味。

这时，遮在他面前的手突然放了下来，严争鸣将发光的印石往手心里一敛，四下立刻黑了下来，只见黑暗之中，有一道白影突兀地走了出来，手中提着一把木剑，在不远处倨傲地施了一个古礼，抬手拉了个扶摇木剑的起手式。

随后，那人在程潜和严争鸣惊疑不定的注视下，旁若无人地当场演示起扶摇木剑来。

刚开始，他是一袭素白布衣的少年，随着扶摇木剑一招一式层层推进，面貌逐渐变成了成人模样，手中木剑化为寒光四溢的长虹宝剑，身上布衣也变成了雍容的锦袍。

他所行的剑招每一式都与师父教的相同，却又说不出有什么地方，有细微的差别。

一套漫长的木剑法走完，舞剑的人已经变成了老人，锦袍重新变成素白的布衣，宝剑重新变成无锋的木剑。他垂剑敛目，整个人身上有种看破红尘的静谧。这一套剑法酣畅淋漓如行云流水，两人都是练剑的，特别严争鸣还是个剑修，自然看得出深浅，一时间各自震惊，谁都没顾上说话。

下一刻，那白衣老头蓦地一抬头，一剑刺了过来。

程潜一把将严争鸣推开，两人分开三尺，木剑从中间穿了过去，凛冽的剑风削断了程潜垂在肩头的一缕乱发，而后转瞬消失，下一刻，场中却出现了两个白衣老头，从两侧脚不沾地似的飘了进来，顿时将两人分开了。

严争鸣错步躲闪的时候，整个人没入黑影中不见了。

程潜吃了一惊："师兄！"

他的真元被牢牢地压制在内府当中，一时间与凡人无异，往常仿佛能与他心意相通的霜刃变得无比凝滞，程潜勉力抽剑一挡，只觉得老头那木剑上仿佛有泰山压顶之力，他手腕发麻，加上此情此景太过怪异，程潜本能地往后退去。

这一退不要紧，手中霜刃却立刻有了反噬的迹象，这养不熟的凶剑多年没闹腾，程潜都险些忘了它是个什么尿性。

老人第二剑已经送到，程潜只好一咬牙，半步不让地再次接招。手上的压力越来越大，真好像天塌下来砸在了他的肩膀上。人力终于有所不逮，不得好死剑又不允许他后退半步，程潜的双臂颤抖起来，被卡在那里的手腕"嘎嘣"一声轻响，好像扭着筋了，他强行冲击起被封在气海中的真元，真元不断地冲击着内府，程潜眼中一次一次地闪过寒霜，又一次一次地被更死地压制回来。

程潜急着去找严争鸣，一点也不想和这老头用凡人的方式缠斗，当即犯起了浑，飞起一脚踹向对方腰腹。

谁知这一脚竟踹了个空，那老者本人居然只是个幻影，唯有他手中剑是真实不虚的。

程潜一脚踩空，手上顿时卸了力，老头的木剑狠狠地砸在了他胸口上，这回可是真格的。如果他这身体不是聚灵玉炼成的，这一剑能撞断他一排肋骨。他呛咳几口，半个身体都被打麻了，后背本来已经止血的伤口全部崩裂。

老人木然地看着他，浑浊的眼睛里泛着死气沉沉的冷漠，端平木剑,指着他的胸口,一时间,周遭只有程潜略显粗重的喘息声。

突然，那老者开口道：“就凭你这样浮躁的心绪，也想走‘人道’？”

程潜本来有心将他打成一只白面口袋，听了这句话，动作却骤然顿了顿：“前辈你是……”

“接招，少废话！”老者横剑而上，拦腰一剑“盛极而衰”中的“极盛”，木剑划出了一道满月似的长弧。

这挨上一下，恐怕是真玉也碎了。

程潜既不敢怠慢，也没敢与他硬拼，有些狼狈地向前一步避其锋芒，艰难地回忆起自己修为低微时研究过一阵的拆招，仓促间回了同一式中的“幽微”一招。

“幽微”这招，讲究“风起于青萍之末”，是说在极盛的时候，其实早已经埋下了幽微的祸根，祸根与花团锦簇的形势一同壮大，最后会成为由盛转衰的契机。这一招变化多端，极其微妙，与程潜惯用的那种夹杂着暴虐气的海潮剑法格格不入，他仓促使来本就吃力，出手不由得慢了几分。

这一慢，可谓是失之毫厘、谬以千里，程潜虎口一麻，霜刃“噹”一声，竟被一把木剑挑飞了！

程潜：“……”

他十岁学剑至今，一把霜刃不说横扫天下，也从未有过这样的奇耻大辱。

白衣老头面无表情地看着他，伸手一招，霜刃贴地飞起到程潜近前：“再来。”

程潜手指紧了紧。

便听那老头又道：“蠢材。”

程潜的手指快被他自己捏碎了，他一把抓过霜刃，那老者突然纵身一跃，瞬间，千万条剑影从他面前闪过，细密得仿佛初春的雨，无可躲避，无可防御。

这是真正的“幽微”！

程潜瞳孔一缩，忽然意识到这老人好像是在教他，一时看得呆住了，直到那一把木剑撕破无穷幻影而来，笔直地停在他鼻尖下。

“你从来没有正经学过剑吗？”那老人问道，“你师父是谁？”

程潜不由自主地卡了壳。

木椿真人的确只教了他一年多，在忘忧谷中匆忙将整套扶摇木剑传给他，也不过就是仗着他小时候过目不忘的小聪明。后来门派的剑谱基本是程潜凭记忆默出来的，有出入的地方大师兄修正了一下而已。

现在想起来，他一知半解时仓促间记住的，一定是对的吗？

大师兄小时候学的那手稀松二五眼的剑，真能修正什么吗？

程潜低声道："家师在我们刚刚入门的时候就仙去了。"

老人皱了皱眉。

程潜压下自己的性子，恭敬地问道："师父临终前，以元神将扶摇木剑演示给了我，仓促间可能有些地方没记清楚……"

他的话被一声冷哼打断了，那老人闻听此言，也不知道为什么，显得更来气了，挥舞着木剑一下一下地拍着程潜的肩膀，一迭声地骂道："蠢材！蠢材！"

程潜这一辈子也没被扣上这么多顶蠢材的帽子，然而偏偏无法反驳——谁让人家比他强太多呢？面对这样的同门前辈，哪怕对方说他脖子上顶着的是一枚七窍夜壶，他也只好听着。

老人兀自跳了一会儿脚，身形突变，转身变成了那身着锦袍的中年男子模样，又一招"极盛"挥了出去。

程潜头皮一炸，这位前辈以老人的形象出现的时候，使用"盛极而衰”这一式的剑招虽然老辣，却更偏向于“衰”，未免声势不足。可他以中年人形象出现，手里木剑又变成不知名的宝剑，却刚好合了“盛”的剑意，威力简直不能同日而语。

程潜心里一瞬间转过无数个念头，将那老人方才掩饰的“幽微”从头到尾琢磨了个遍，再次硬着头皮将那剑招使了出来。

接住了！

可他还没来得及欣喜，那中年人已经不由分说地提剑再上，他整个人自空中翻转而起，居高临下，纵劈而下——变形的极盛！

程潜瞳孔骤缩，下一刻，他发现自己真元的禁制被放开了，被禁锢许久的真元疯狂地在气海中流动，他手中霜刃“嗡”一声轻响，一瞬间分开了七八个剑影，短兵相接——

程潜不等对方变招，已经先一步进入幽微剑意中，寒霜似的剑意无孔不入地充斥在整个空间，不着痕迹，却又无处不在，中年人第三剑“极盛”转眼而至，两股真元当空相撞，动地惊天的一声巨响。

这位前辈毫不留手，连劈了十六剑“极盛”，一次比一次刁钻，一次比一次凶险。

程潜第一次真正领会“幽微”的剑意，先开始有些滞涩的剑越来越纯熟，霜刃带起漫天的剑影，令人战栗地在整个空间中铺陈展开，一时间竟与斩魔阵异曲同工。

可惜他越强，对手也越强，三刻之后，程潜的气力终于耗尽。

第十六剑的时候，霜刃再次脱手而出，狼狈地滚落在地，程潜强提一口气，晃了一下没站稳，居然半跪着栽了下去。中年人居高临下地将手中宝剑架在他的脖子上，漠然道："知道你错在什么地方吗？"

程潜一时间心跳如雷，说不出话来。

"'幽微'一招，乃是扶摇木剑中最难的一招，变幻莫测，无孔不入，你先前狗屁不通，不过瞬息，却已经能游刃有余，有这样的资质，为何宁可去钻研别家剑法？浮躁！"

若说方才是忧心严争鸣，心绪略有浮躁，程潜承认，但他这么多年的苦功不曾比任何人少下一分，九死一生，不曾比任何人安闲——天资姑且不论，他自认绝不是个浮躁的人。

他当下辩解道："我……"

中年人嘴角微提，露出一个僵硬的笑容打断了他："因为你觉得木剑与你不对路，是吗？我扶摇木剑走的是'人道'，从生到死，从少到老，世上万万千庸常之人都脱不开这个路数，一点稀奇的地方都没有，你觉得自己是例外，与那些常人不同，对不对？"

程潜无言以对。

回想起来，旁人初生牛犊不怕虎、尚待鹏程万里的时候，他自认已经早熟到失却了那份少年心；旁人上下求索、迷茫不知前路的时候，他自认已经循着清晰的目标，远远地走在了前面；旁人百般挣扎、事与愿违时，他横行世间，早就无所畏惧；而旁人眷恋飞升、百般求而不得的时候，他却自愿走上了“人道”。

虽然从未自夸过，可程潜深藏潜意识里的自视甚高，让他从未将扶摇木剑中每一招往自己身上联想过。那木剑中种种剑意，对他来说，始终仿佛隔着一层什么，他像是艰涩地领悟别人的人生际遇那样生搬硬套，从不曾真正有感而发过。

那中年人断喝一声道：“你看了天地，而后看自己，看了旁人，却从不肯与自己比对，难道你不是人？你既然选了‘人道’，为何不肯放下那颗大而无当的天地心？你待人全凭亲疏远近，感慨谁，容忍谁，亲近谁，爱谁——但你可曾敬畏过谁？仰望过谁？以谁为鉴吗？”

那中年人说到这里，蓦地将剑尖往下一压，锋利的剑刃刮得程潜脖子生疼：“少年不知天高地厚，骄狂浮躁，自命不凡，我看你不是少年，心性也没多大长进。”

程潜后背出了一层冷汗。

“你若真能超凡脱俗，自觉解透了扶摇木剑，为何连一招‘幽微’也使不好？站起来！”那中年人怒喝道，“剑还没传完，装什么死！”

刚开始，程潜心思难定，度日如年，担心同在此间的严争鸣，也担心外面跟众多魔修与天衍处的人共处一室的李筠和水坑。没料到被此间主人明察秋毫地看出心不在焉，遭了一番疾风骤雨式的虐待，逼得他不得不摒除杂念，渐渐沉入扶摇木剑中。

程潜被困在这里不知多久，此间不知名的主人无数次禁锢住他的真元，无数次强迫他像没入门的小弟子一样，将霜刃当成普通木剑，反复打磨一招一式。

渐渐地，他忘了来路，忘了去路，忘了自己身在何方，忘了自己是谁——过往一切，多年来辛苦求索的苦修也好，青龙岛上手刃仇人的痛快也好，甚至聚灵玉化身、经天劫而立……全都灰飞烟灭。

他不再是明明谷里的长老，不再是别人口中的“前辈”，仿佛与生俱来似的虚浮的傲慢散去，程潜双脚落地，第一次审视自己——

天地间一凡人的来龙去脉。

这凡尘俗世，几人知人，几人知己？

直到那重新化成老者模样的白衣人推开另一扇门，程潜才如梦方醒，茫然道：“前辈，我……”

“五式扶摇剑法我已传与你，走吧。”

那老者说完，程潜便觉身后仿佛被人重重地推了一把，他忽然有种奇怪的感觉，仿佛这无日无月的种种，只发生在一念一息间，他站在另一个门口，抬眼看见自己入此门前被木剑削掉的一小缕头发——竟然才刚刚落地。

程潜忽然一步缩回，回头问道：“不知前辈如何称呼？”

那老者眼观鼻、鼻观口地答道：“无名，我不过是你派存下来的一点传承。”

程潜又问道：“如果我……我们选了‘天’字或者‘地’字呢？”

老者道：“扶摇派自古只走人道，至于天与地，我教不了，没人教得了，只好送你们从哪儿来回哪儿去。”

程潜听了，心里忽然有个念头一闪而过，快得没来得及抓住，他若有所思片刻，端端正正地冲那老者行了晚辈礼，这才大步离开了。传承之门悄无声息地关闭，好像从未存在过，程潜抬头看见严争鸣站在不远的地方，抱着他从内府中取出来的木剑，若有所思地微微低着头。

一见他，程潜心里不由自主地浮起愉快，脚步都轻快了许多："大师兄……"

谁知刚一开口，严争鸣一道冷冷的目光便扫了过来，截断了他后面的话。程潜从小跟他一起长大，大师兄是平日里没事找事，还是动了真火，程潜还是能分辨出的，当时就一愣，心里微微有点犯嘀咕，想道：难道他也被那老头折磨得不轻？

严争鸣瞪了他一眼之后，也不吭声，转过身径自往前走去。

程潜一头雾水地跟在他身后，一边绞尽脑汁地回忆自己又哪里得罪了这位少爷，一边无奈地问道："你这又是怎么了？"

话音刚落，程潜自己就忽然反应过来了，目光不受控制地落在了严争鸣手中木剑上，头皮一阵发麻，心道：等等，他没事把木剑取出来做什么？

传承中那老头眼尖得很，不会看出来多嘴说了什么吧？

这么一想，程潜几乎心虚了起来，他悄悄地抹了一把冷汗，心里飞快地琢磨起了对策。

严争鸣听他问了一句之后立刻缄口不言，心想：哦，这是做贼心虚了。

等了半晌，就在程潜干咳一声，正要开口的时候，严争鸣出其不意地开口道："怎么，关于如何交代这把木剑，你已经编好瞎话了？”

程潜：“……”

两人仿佛穿过了一条狭长的通道，很快走到了尽头，尽头有晨曦将亮未亮的柔和光晕，严争鸣问完那句话，便头也不回地直接走了进去，身形一闪就穿过了什么消失不见了。

程潜忙迈步追了过去，眼前一花，他发现自己已经重新回到了太阴山下，再一回头，什么传承与心魔谷，全都消失不见了。

眼前除了一个怒气冲冲的大师兄，还有好多人，一侧以韩渊为首，身后一股脑的乌合之众，全是魔修，另一侧以游梁为首，身后是不知何时聚集在此的大批普通修士。

李筠与水坑、年大大等人不尴不尬地在中间，飘在天上。

程潜确定，斩魔阵破的时候，此地还没有这么多活修士。

难不成他们将原定在太行山的仙魔大战转到了这里？

第八章

十方劫

一见他们两人，水坑就好像个没娘的孩子找回了家，压根不管什么两军对垒，二话不说，一跃而下：“大师兄！”

她一身艳红，衣角发梢都仿佛带着霞光，好像一团灼眼的火从天而降，将所有人的目光都引到了突然冒出来的两个人身上……也成功地将程潜本来要开口的辩解堵了回去。

韩渊盘腿坐在高处，漫不经心地闭目养神，闻声睁开眼，目光阴沉沉地扫过周围几个看着水坑眼发蓝的魔修，将他们吓得噤若寒蝉，这才收回视线，对上了严争鸣的目光。

严争鸣看着他的目光有些复杂——严争鸣对韩渊一直很复杂，始终难解芥蒂，却也始终没有真的放弃过他。

那……毕竟是他们最不成器的小师弟。

水坑在他耳边叽叽喳喳道：“破阵那天你和小师兄一起被卷

进裂缝里了，剩下他们这些讨厌的人，刚从斩魔阵里爬出来，又开始动手，互相打了一场，损伤各半，只好分处一地自己去调息，然后被四……嗯，魔龙之气吸引了好多魔修聚拢到这里，还有那个小白脸剑修，也不知道是和谁告了状，隔日又有大批的修士从太行山那里过来，他们这么对峙好几天了，马上要开打呢。”

她喋喋不休地说了一大堆，语气欢快，完全是没进入状态地看热闹，说完，还从严争鸣身边探过头去看程潜，问道：“小师兄，你俩去哪儿了呀？”

程潜还没答话，严争鸣已经伸手将水坑扒拉开了：“不许跟他说话，让他一边儿思过去。”

水坑闻言，摇头摆尾地叹了口气，看了程潜一眼，冲他使了个眼色——你怎么又激怒他了？

程潜只得苦笑摇头——惭愧。

严争鸣冲李筠一招手，看也不看那两路人马，兀自找了个远离人群的地方端坐下来。

天衍处中有一人越众而出，正是吴长天，吴长天一见严争鸣便坐不住了，上前同游梁说了句什么。游梁不情不愿地站起来，向严争鸣走来，他伤还没好，身形不甚利索，看起来竟有几分丧家之犬的可怜相。

游梁在严争鸣面前站定，迟疑了一下，低声下气地说道："晚辈斗胆请前辈那一边坐，我们给诸位前辈留了上位。"

严争鸣看了他一眼，游梁的脊背不由自主地一僵，若说他以前见了这位严掌门，还有奋起直追的一战之心，此时却莫名地有些畏惧了起来。

严争鸣不咸不淡地说道："不必了，这里清静。"

因为年明明也来了，李筠便将年大大打发到了他爹那边，自己上前接过了话茬，对游梁笑道："我们在场的人，哪个不是被天衍处神通广大的除魔印束缚来的？还请游大人转告吴大人，大可以不必这样小心。"

李筠绵里藏针，游梁听出了他话里话外的讽刺，然而他本就不会与人打交道，僵立了半晌接不上话，只好沉默地抱了个拳，转身走了。

严争鸣却忽然叫住他："等等。"

游梁脚步一顿。严争鸣没有抬头，目光始终黏在自己手中木剑上，仿佛要将它看出个花来。他慢吞吞地说道："剑修一道，从来走得比旁人艰难，但既然它选中你，就说明至少在你入道的时候，是有这个资质的，入了门，路都是自己走的，走好了是一把绝世宝剑，走残了就是一把杀猪刀，你好自为之，别让剑柄捏在别人手里。”

游梁一震，脸色白了白，似乎是听进去了，他远远地低了头，说道：“是，多谢前辈教诲。”

李筠待他走了，这才从怀中摸出了石芥子，这回倒是没像在朱雀塔那回那么张扬，只原地搭了个背阴挡风的小棚子，周围有帘子挡着，帘上有符咒，里面能看见听见外面，外面不能窥视里面。

严争鸣这才问道：“现在是什么情况？”

李筠大马金刀地往程潜身边一坐：“吴长天又来天下苍生那一套，打算在此开局。”

程潜问道：“什么局？”

李筠用目光示意道：“看那边，白虎山庄的，玄武堂的，牧岚山的，西行宫……啧啧，西行宫自从他们那活成王八的老宫主死了以后，真是没有能扛大梁的了——总之，除了白虎山庄庄主与玄武堂卞旭那二圣已经‘超脱五行’之外，当世叫得出名的人都来了。再看魔修那边，韩渊身后那几个众星捧月的看见了吗？三女六男，是魔行人的‘九圣’，不过魔修么，你也见识过很多了，刚开始互相合作，过一会儿再互相插刀，都正常，他们未必是来给韩渊捧场的，恐怕和我们一样是来搅浑水的。”

严争鸣头也不回地呵斥道：“谁搅浑水了？”

李筠"嘿嘿"一笑，伸手一搭程潜肩膀，说道："这两边干柴烈火地打了一顿，谁也奈何不了谁，那吴长天便从太行山跑过来，提议了这么一个局，让双方各出几个阵法高手，在这里布下'十方阵'，然后各出十个人进入那阵中，天意让谁遇到一起，那两人便动手一较高下，生死不论——若是天衍处赢了，韩渊便跟他们走，魔行人从此退回南疆，有生之年不得再入中原，若魔修们赢了，天衍处的人大义凛然地声称为天下担罪过，自废修为，任凭魔修们处置。"

程潜一听就觉得不对劲："我们倒是都被除魔印约束着，那些魔修却是一盘散沙，如果天衍处许下好处收买几个，故意输了，那还打什么打？"

李筠摇摇头："韩渊没那么傻，他们魔修那边应该也有血誓——不过小潜，你到底跟谁一边的，替谁操心呢？"

程潜："……"

李筠又道："再者又不是一对一，韩渊既然敢一个人横扫中原，便没指望过有人来帮他，指不定是想在那阵中自己干掉十个对手呢，我看他现在狂得没边儿，也并非没有可能。"

程潜问道："那现在呢，他们还在等什么？"

李筠道："应该阵法还没完成，另外他们好像还在等一个见证人。”

程潜皱起眉。

李筠拍拍他的肩膀：“别皱眉了，十方阵里你和大师兄都跑不了，只有这种时候，我觉得自己修为平平也挺好的。”

程潜道：“众目睽睽，又牵扯到这么多人的血誓，想把韩渊带走不容易。”

几人一时沉默下来，这时，严争鸣不知又从哪里摸出一把扇子，心不在焉地在胸前忽扇了两下后，无意中一回头，正好看到李筠那坐没坐相的动作，于是果断用扇子打掉了李筠搭在程潜身上的胳膊：“坐好坐好，有点人样。”

碰一下都不行了，李筠一笑，正要要贱挤对他几句，一偏头，却突然看见程潜在笑。

程潜对外人冷若冰霜，对自己人倒是不怎么端着，笑一笑倒也没什么稀奇，可他微笑的时候，专注地看着大师兄，眼角微微弯起，眼睛里好像碎了一把薄薄的光，居然前所未有地温润了起来。

李筠看了看程潜，又看了看严争鸣，感觉自己要瞎，心道：一觉醒过来，旁边都换了天地了，娘的！

李筠这一突然沉默，就显得有些冷场，水坑无意中一回头，眼尖地说道："大师兄，你换扇子啦？这把那么破，不如以前那个好看呢。"

她一提起，众人才发现，严争鸣手里换了一把竹骨的扇子，经年日久，外皮已经泛起了红褐色，边角处还有一点裂痕，一点也不精致。李筠却双手将那把旧竹扇接了过来，小心翼翼地展开，见背面寥寥两三笔，勾勒出了一个远山的形状，正面则是一片留白，只有角落里盖了个章，依稀是"扶摇"二字。

一看那俩字就知道，这章是掌门印盖的。

李筠叹道："这可是门派里的古物——我说小师妹，你一个大姑娘，也正经念点书吧，胸无点墨，一天到晚就知道插着鸡毛到处乱飞……唉，可愁死我了——大师兄，你从哪儿弄来的？回头滴血试试，这古物说不定有灵。"

严争鸣轻描淡写地将他和程潜在不悔台后面遇上传承的事简单说了说，继而从储物袋中摸出了一个小盒和一本旧书。他将木盒递给水坑，说道："这是某一代妖王的妖丹，那妖王活了三千六百岁，寿终正寝，妖丹很纯正，力量也可以传承，说起来妖修中一直内斗不休，寿终正寝的妖王很少，扶摇派历代也只得这么一枚，你且收好，只是自己不要偷吃，这里面有三千多年的道行，你妖骨还没长全，承受不住。"

水坑的眼睛快要睁到眉毛上，眼神都直了，就像个吝啬的穷鬼看见了一屋子大金条，用要饭的姿势顶礼膜拜地捧过来，好像捧起了她变成大妖的梦想。她结巴了良久，口不择言拍马屁道："大、大师兄，我有眼不识泰山，你这扇子真、真好看，好看得我都醉了！"

严争鸣嗤道："得了吧，看你那点出息，没见过世面。"

说完，他将那本书丢到了李筠怀里："你的。"

李筠乐呵呵地接过来，只见封皮上写着"九连环"三个字，他翻开来，才略扫了几页，整个人都激动得哆嗦了起来："这……这……"

"我问了那位前辈，"严争鸣说道，"他说我派列祖列宗中，确实有一位格外不成器的，此人非丹非器，非剑非功，专门钻研各种奇技淫巧，这一脉修士十分罕见，叫作'九连环'，这些年没有师父，也没个给你引路的，你都是自己瞎摸索，如今有这个，多少能事半功倍一点。"

李筠热泪盈眶道："大师兄，我以身相许吧！"

严掌门用那双不会说话、只会骂人的桃花眼看了他一眼，明明白白地表达了自己的鄙夷——倒找钱都不要。

程潜有些啼笑皆非，他还担心那老头刁难大师兄，没料到又是给指点迷津，又是给东西……果然掌门的待遇就是不同。

李筠爱不释手地摩挲着手中的旧书卷，好奇地问道：“那位前辈还说什么了？”

还说什么了？

“你内府中那把本源之剑有趣得很，有人为了将剑意附在上面，切了元神做载，正好让你逢凶化吉，一举走到‘入鞘’，过了‘入鞘’，就是真正跻身剑神域了，不过我看那人化剑虽然舍得下本，又十分机巧，但木剑的造诣实在不高，你若想更进一步，得将剑意好好炼化炼化才行。”

严争鸣此时想起来，手都还有些发抖，恶狠狠地瞪向程潜。

程潜凑过去，低声道：“师兄，消消气。”

严争鸣默不作声地甩开他的手。

程潜只会牙尖嘴利地损人，不会油嘴滑舌地哄人，无奈地看了他一阵，便小心翼翼地握住了严争鸣的手，结果再次被甩开。

水坑也不知避讳，在旁边直勾勾地看了一会儿，总觉得有什么地方不对劲。

李筠眼不见心不烦地低下头，忽然，他发现这本《九连环》中夹了什么东西，轻轻翻开，只见书页中夹着一张纸条，墨迹很新，是严争鸣的字迹，写道：“此物配来，给我一份。”

夹着纸条的那页正好是“丹卷”，“清心丹”三个字撞在了李筠眼里。注解中写道：“服下此物，可清心洗髓，断绝七情，洗净六欲，自此爱憎全无，尘世杳无牵挂，于修行上佳。”

李筠心里狠狠地一跳，满怀疑虑地抬头看向那和程潜拉拉扯扯的严争鸣。

不待他回过神来，人群里忽然传来一阵骚动，只见天衍处一干人等纷纷站了起来，随即，一架飞马车从天而降，一个扶摇派的熟人掀开车帘跳了下来——正是六郎。

六郎下车后弯下腰，双手垫在身前，恭恭敬敬地让车里的人踩着他的手下来，而车里那人也不出意料，正是唐轸。

唐轸应该已经换过身体了，气色看起来好了许多，原本有些花白的头发全黑了。

下了车，他目光先扫视了一周，冲天衍处的吴长天等人拱拱手，只见牧岚山一干人等神色都不大自然，玄武堂的人则齐刷刷地站在最后，显然还记得此人在锁仙台上与他们发生过口角，其他——诸如年明明等众多散修或是小门派的人，却纷纷上前来打招呼，有称“唐兄”的，有称“前辈”的。

随即，唐轸又转向魔修，奇的是，魔修九圣中竟也有两三个人同他远远地拱手致意。

唐轸其人，清高寡淡，不大与那些名门来往，在小门派中交游之广却让人叹为观止，难怪什么都知道一点。

看来唐轸就是双方请来的见证人。

远方传来一声哨响，正是天衍处的信号，吴长天听见后，上前开口道："诸位道友请了，如今阵法已成，请唐先生验阵。"

唐轸将神识覆盖出去，片刻后他睁眼点点头，没评价什么。

吴长天看了韩渊一眼，对唐轸道："请问唐先生，血誓盘可带来了？"

六郎立刻从一个小包裹里掏出了一个托盘，上前两步，默不作声地在空中一放，那盘子便悬在了空中。

唐轸低垂着眼睛，叹道："非得如此么？唉，那二位请誓吧。"

吴长天十分痛快，四指并拢，一手指天，面色平淡地说道："今日，我天衍处携除魔印，联合四方道友与魔行人及魔龙一战，若我辈输了，天衍处全体自废修为，任凭诸君处置，再不入仙门！"

说完，他从指尖逼出一簇鲜血来，倏地落到了那盘子上。

水坑悄悄化成了一只鸟，飞到天上，探着头看热闹，只见那托盘中间画着一个太极图，吴长天的血严丝合缝地染红了一半。

吴长天一抖袖子："韩道友，到你了。"

韩渊眼皮也不抬，伸手一招，那托盘便径直飞到了他面前：

“要是我们输了，我跟你走，让他们滚回南疆，当一辈子缩头乌龟。”

说完，他一低头，狠狠地咬破了自己的手指，将带血的手指用力按在了太极盘上，只听“嘶啦”一声，太极盘仿佛能吸人血肉，顷刻将他的手指都吸得凹了一块，另外半边太极立刻被浓郁的黑血填满。

太极盘飞快地旋转了起来，水坑只看了一眼，竟觉得有些头晕，只好移开目光。

下一刻，众多泛着血色的太极图从那盘中脱出，在天衍处中人、韩渊和九圣手腕上各留了一个印记，誓成，违者必遭反噬。

韩渊漠然地看着那道印，将流血不止的手指塞进嘴里，舔净了上面的血迹：“他们九个，加上我，入十方阵，你们的人呢？”

吴长天一挥手，身后几个天衍处的青年拿着卷轴出列。

吴长天自取其一，其他人散入人群，向被他们选中的人发放。其中一个拿着卷轴的人向扶摇派所在的方向走来，严争鸣一拍程潜的胳膊肘，低声道：“去接。”

这送卷轴的不是别人，正是混进天衍处中的赭石。程潜知道赭石肯定有消息传回来，立刻会意，掀开石芥子的帘子迎了出去。

他才一走，李筠连忙凑过来，扒着严争鸣的耳朵，一迭声地问道："你这是什么意思？你跟小潜怎么回事？要什么清心丹？你吃错药了吗？又作什么！"

严争鸣双手抚过手中木剑，低声道："你知道他为了这把木剑，自损元神的事吗？"

李筠木然片刻，干巴巴地说道："啊……像是他能干出来的事，所以你的回报就是负心薄幸吗？"

严争鸣沉默片刻，有些艰难地说道："万一……我是说万一，有一天，这些……这些凡俗情义妨碍了他修行，他后悔了，就把这个给他，小潜的心志与资质，天生该是飞升上界的，我不能当他的绊脚石。"

李筠除了冷笑，简直无言以对："大师兄，我以前一直以为你是个纨绔，看不出你居然是个情圣。"

"少说风凉话了。"严争鸣烦躁地拍开他道，"这事先别告诉小潜，他眼下离厌倦还远，我怕他知道了会不高兴。"

"我猜小潜知道了不但不高兴，"李筠道，"他还会让你去吃屎，师兄，你信不信？"

严争鸣罕见地没有嫌李筠出言不逊，透过石芥子，他只见水坑鸟正好奇地停在程潜肩头，两人一起研究天衍处的卷轴，暂时没有要回来的意思，严争鸣便低了头，微微闭眼，极疲倦地捏了捏自己的鼻梁。

严争鸣自小眉清目秀，好像从画里走出来的。这一闭眼却又不像了，像个石雕。

山间溪流在春天簌簌而下，两岸花草芬芳尽入氤氲。

入了秋，水便落下去，石头却露出了形迹。

李筠问道：“心魔谷里，小潜跟你说什么了？”

严争鸣的神色微微飘移了一下。

“哎哟，”李筠立刻会意，“掌门师兄啊，你就别得便宜卖乖了，你真是一辈子没走过运，偶尔得偿所愿一次，看把你美得……”

李筠话音一顿，思索了片刻，很快找到了一个自认为最准确的说法：“……屁滚尿流的。”

严争鸣作为一个洁癖，可以容忍李筠的种种不是东西，但绝不能容忍这瘪三将自己与这种不雅词汇联系起来，一时间，严争鸣感觉跟此人说话都要脏了舌头，于是打算直接动粗。

“慢！”李筠抬起一只手遮住自己的脑袋，随即他左摇右晃地将那张沾着新墨的纸条折起来，细细致致地收好揣进怀里，完事心满意足地拍了拍自己的胸口，好像得到了一张保命符，哼哼道，“打我？你要考虑清楚啊掌门师兄，你的把柄可还在我手上呢，以后要记得，千万对师弟我好一点，否则一不小心，惊吓了师弟脆弱的心，哎呀，这纸条指不定就露到小潜那儿了呢！”

这种师弟，留他何用？

严争鸣内心狰狞地想道：不如养肥一点，过年的时候杀了吃肉。

这两人的暗潮汹涌，程潜一概不知道，他从相见装作不相识的赭石手里接过卷轴，心里一时间百感交集。

赭石虽然通过种种渠道，得知程潜死而复生，这么长时间以来，却也还是第一次亲眼见到他。赭石将两个卷轴双手奉上，沉默地多看了程潜片刻，背对着旁人的眼圈倏地一红，随即后退一步，拱手弯腰深施一礼，再抬起头来时，他已经恢复了平静无波的木然。

因为严争鸣小时候格外不好伺候，这许多道童中，赭石也格外细心，程潜记得他不多话，也不像雪青那么亲切，做什么事都工工整整的，没多少存在感。多年来，他连模样也没怎么变过，好像昨天还无可奈何地跟在大师兄身后倒茶擦板凳，如今……却已经物是人非了。

程潜不动声色地将赭石塞进他手中的东西收进袖子里，保持着他一贯不近人情的神色将其中一个卷轴打开，那上面空空如也，只有一个硕大的除魔印。

天衍处送出了两个卷轴，也就是说扶摇派要出两个人。

程潜艰难地假装不认识赭石，冷笑道：“贵派吴大人算计起人来，还真是事无巨细，一条漏网之鱼也不留。”

话音未落，便听不远处响起一阵急促的鼓声，那太阴山脚下，一道人为的屏障蓦地升起，好似凭空拔起了一座山。

是十方阵！

那吴长天扬声道：“收到除魔印的道友，请稍作休息，今夜子时入阵！唐先生，请来这边。”

程潜和水坑回到石芥子里的时候，严争鸣跟李筠已经各自装好了一张若无其事脸。

一见程潜回来，严争鸣主动招呼道：“小潜，过来这里。”

程潜狐疑地看了他一眼，怀疑他干了什么亏心事——不然怎么刚才还哄不顺溜，这会儿又主动示好了呢？

好在眼下不是计较这些鸡毛蒜皮的时候，程潜没追究。

赭石塞给他的是两枚扳指，李筠接过来，顺着边缘摸了一遍，很快发现了内里玄机，轻轻一掰，那扳指便从中间打开了。此物设计精巧，翻转过来后，内壁镶着一面小镜子。

李筠哈了口气，随即用手一抹，便见那镜子自己放了光，内里似乎还有阴影闪过，他忙找出一张宣纸，让那镜面的光刚好落在白纸上，一行字迹便在光中跳动着跃然纸面：“有人动了手脚……”

那上面的字闪一行消失一行，是赭石给他们传的信：“有人动了手脚，我清点布阵灵石时，发现与十方阵正常消耗对不上，灵石莫名少了很多，查不出是谁，周围也并无其他阵法痕迹，动手脚之人不会贪图那些灵石，他要么是偷偷修改了十方阵，要么就是在附近布了其他阵，只是我修为低微，无法察觉，此人手段之隐秘生平仅见。另，魇行人九圣中有吴长天的人，但不知道是谁。扳指上有秘镜，进入阵中后将其掰开，便能在秘镜中看到阵外情景，仓促叮嘱，多有遗漏，千万小心。”

十方阵是双方共同布下的，天衍处总不可能将所有魔修都收买，双方都互相盯着，后来又有唐轸这个见证人验过，在十方阵中做手脚的余地实在不多。

“那么就是阵外还有阵的可能性大些……”李筠皱皱眉，说道，“可是很奇怪，要是最后赢的是正道，阵外阵不就没用了吗？如果赢的是魔修他们，那么阵外阵一旦向他们出手，天衍处便违背了血誓，违背血誓之人，必遭誓言十倍反噬，他们这岂不是伤敌一千，自损八万？除非……这阵外阵根本不是冲魔修来的。”

不是冲魔修，当然就是冲另一方。

严争鸣用旧扇子轻轻敲打着白纸边缘，说道："将一群杀红眼的修士扔进同一个阵中，让他们你死我活，最后赢的那个人出来，再兜头被阵外阵扣在里面，我感觉此事听来耳熟。"

水坑问道："是什么呀？"

严争鸣一字一顿道："养蛊。"

水坑立刻打了个寒战，身为一只鸟，她竟怕虫子，也真是独树一帜了，她搓了搓身上的鸡皮疙瘩，问道："可是那个吴长天不也在里面吗？他们就不管他啦？"

"天衍处内部斗得乌眼鸡一样，未必是同一方势力。"程潜双臂抱在胸前，说道，"那就是说，我们恐怕又要准备破阵——阵法我只知皮毛，这么复杂的看不懂。"

严争鸣一摆手："哪个剑修会钻研阵法？别看我，我也不懂。"

李筠用力抓了抓头发："我倒是……唉，可我人在阵外，爱莫能助啊。"

严争鸣道："这个好办，你还有金蛤神水吗？自己干一碗，我可以将你藏在袖子里夹带进去。"

说完，他好像是想象了一下自己揣着一只癞蛤蟆的场景，顿时又改口道："算了，还是小潜带吧。"

李筠狞笑着捶了捶胸口。

“……”严争鸣面不改色地用目光威逼了他片刻，终于自己先怂了，“好吧，你要是实在不愿意，就再想其他办法。”

李筠正色下来：“我虽然进不去，但是有一个人可以。”

他此言一出，不用明说，其他人也听明白了，又在阵中，又通阵法的，只有韩渊。

程潜沉默片刻：“好像也未尝……不可，就怕碰不到。”

韩渊虽然不见得会愿意合作，可是在众人心里，他就是信得过的，哪怕身处不同阵营，他也是“自己人”。严争鸣叹了口气，说道：“有什么东西，都拿出来。”

真龙旗，四处搜集的大能符咒，丹药，夜明章，指路虫等物一时间堆了一堆。严争鸣清点一番，将不多见的几样给程潜细说了用法，有些发愁——此番虽然说不上倾家荡产，却也出了好大一笔，事后大概还没法让天衍处还钱。

“再这么败下去家底都要空了。”严争鸣忖道，“此事了了，还是趁乱再去赚一笔吧。”

好好的剑修，一天到晚惦记着钱，想来也怪辛酸的。

转眼便到了子时。

更深露重，那十方阵看起来更缥渺了些。

韩渊率先站了起来，只见他背后有暴怒的黑龙一闪，在地面留下了一道蜿蜒的长影，一瞬间，他周遭所有火堆灭了个干净，众修士惊惧，韩渊半张脸隐没在阴影里，目下无尘地偏头一笑，说不出的放肆桀骜。

魔行人九圣跟在他身后，这一伙貌合神离的魔修率先走入阵中。

外面的人看不见十方阵里发生什么，只有门口两排蜡烛，共计二十根分列两侧。随着这十个人入内，一侧的十根蜡烛陡然亮了，厚重的金属底座一瞬间漫上黑气，映得那烛身上的蟠龙刻活的一样，獠牙狰狞，黑气直冲霄汉。

夜间风大，而那烛火却好像是长在蜡烛上的，怎么吹都纹丝不动，凭空生出了些许诡谲肃杀来。

这时，拿到卷轴的正道修士们才稀稀拉拉地走出来，这帮人是神离、貌也不合，个个面色冷漠，看也不看守在阵前的吴长天，自行鱼贯而入。

随着他们一个一个走进去，另一排的十根蜡烛也挨个亮了起来，这一边的蜡烛要朴素得多，看起来只是普通的白烛，歪歪扭扭地站成一排，活像给谁吊丧。

程潜刚要提步而入，严争鸣忽然拉住了他："等等。"

他说完一抬手，将程潜头上的旧发带抽了下来，从怀里抽出了一条新的。然后像个普通的凡人那样，叼起发带，五指做拢，动手拢起程潜的头发，系了上去，傀儡符的气息一丝不露。

严争鸣看了程潜一会儿，心里涌动着想抱一抱他的冲动，然而大庭广众下，他只好默默地将双手收了回来，只道："我看那十方阵里面入口未必是一个，进去以后可能会谁也找不着谁，你给我小心一点……看什么看，这会儿知道我对你好了吗？以后少气我几次吧。"

程潜之所以看他，并非觉得感动，其实只是单纯觉得他好啰唆，再这样下去，"严娘娘"就快变成"严娘"了……不过为了不进一步激怒大师兄，程潜非常机灵地没说出来。

两人目不斜视地从吴长天面前经过时，吴长天却忽然开口叫住了严争鸣："严掌门请慢一步。"

严争鸣侧过头，竹扇在手中滴溜溜地转了一圈，假笑道："有何指教？"

吴长天道："我师弟游梁自进入剑道那日开始，便一直苦学不辍，未敢有一时片刻懈怠，以前从未接触过天衍处乱七八糟的事务，还是少年心性——若严掌门看他资质还过得去，吴某殉道之时，可否请严掌门勉为其难，代为管教？"

严争鸣对那个愣头青一样的年轻剑修其实是有些好感的，毕竟元神剑修并不多见，除了他自己这种奇葩外，他们大多心智坚忍、少有杂念。不过他没将这一点小小的好感表现出来，只是冷冷地回道：“扶摇派什么时候成了收破烂的了？再说我们小小一个破落户，也不敢染指你们天衍处出来的高徒，顾岩雪的下场可不就是前车之鉴吗？”

说完，他看也不看吴长天，一拉程潜道：“走。”

程潜多看了吴长天一眼，修士说寿终，一般是“陨落”，或是如凡人一样，用“死”、“不在尘世”之类的字眼，很少听见“殉道”一词。

他总觉得有些不寻常。

程潜跟严争鸣明明是前脚后脚，进去十方阵后，却谁也没看见谁，果如严争鸣所料，里面的入口不是往一边开的。阵中静得能听见自己的心跳声，布局好像一口一头大一头小的棺材，阴森森的，四壁徒然，一条狭长的小路不知通往何方，前面黑洞洞的。

程潜扣住霜刃剑，顺着那小路往前走去。

突然，黑暗中有微光一闪，程潜脚步一顿，只见一侧好像有道人影，正默无声息地站在那里。是已经等在这里的魔修吗？

程潜皱皱眉，抱拳当胸，客气地拱了拱手，那人竟也一声不吭，以同样的动作冲他拱了拱手。程潜不动声色地将神识扫了出去——那里没人。

他试探着往前走了几步，整条小路上却只回荡着他一个人的脚步声，让人不由自主地有些头皮发麻，程潜掐了个手诀，一簇冷冷的火光便悬浮在了他手指上方约莫一寸的地方，周遭顿时亮了起来。

只见那角落里竟是一面镜子。

镜面不知是什么材质，与普通铜镜完全不可同日而语，其中人影几乎是分毫毕现，程潜很少照镜子，更没有这样仔仔细细地看过自己。那镜中人手中也端着一簇火光，镜面竟不像寻常铜镜那样会将光照散，镜中人眉眼乍看是熟悉，细看又有些陌生。

但是这里怎会有一面镜子？

就在他疑惑时，镜中人忽然自己动了！

“他”缓缓抬起头，冲程潜笑了一笑，微尖而略薄的嘴唇两侧挑起，看起来分外不怀好意，略微上翘的眼角一丝笑纹都没有，目光如幽潭。

程潜第一次知道自己也能笑得这么鬼气森森。然而震惊归震惊，不耽误程潜动手，他抽出霜刃，一剑挥向了镜子。那镜中人突然从镜面一跃而出，个头、装束……乃至于颈上斩魔阵留下的一小道伤口全都一模一样！

更要命的是，他手中还提了一把一模一样的霜刃！

镜子在那镜中人身后碎了个稀烂，他的行动却丝毫不受限制。

这是九圣中的哪位？什么奇怪的功法？

下一刻，两把如出一辙的剑在空中短兵相接，发出一声令人牙酸的响动，连剑招都像得像一个师父教出来的！

不过这一交手，程潜心里反而安定了——眼前这人的深浅他一交手有数了，比他本人逊一筹不说，剑招也只是学了个皮毛，剑意完全不是一路，这说明那古怪的镜子真的是魔修在捣鬼，面前这人也只是披了一层他自己的皮。

镜中人被一剑撞开后，踉跄了一下方才落地，冷冷地斜睨着程潜本人，修长的眉目间因为黑气缭绕，看得程潜十分别扭。他正打算速战速决，将此物彻底结果，突然，周遭大亮起来。

四面整整齐齐地排了几排蒙着黑布的架子，随即，所有的黑布齐齐落了下来，竟是十来个全身镜，镜镜相对，这可要了老命了——那里面映出了无数个程潜的倒影！

程潜正在头皮发麻，便听“咕嘟”一声，好像有什么东西从水里冒了出来，接着，一大帮与他本人一模一样的镜中人提着镜中剑从镜子里走了出来，他们源源不断，顷刻间在他旁边织就了一片人海。

程潜：“……”

这种魔修应该让他大师兄去对付，说不定还能治治他没事爱揽镜自照的臭毛病！

紧接着，数十把剑从四面八方压下来，全是与他方才如出一辙的剑招，棺材一样的空间瞬间便被寒霜冻上了，逼人的凉意四溢而出。

程潜暗道一声麻烦，霜刃在手，一矮身，海潮剑——挽狂澜。

剑意卷过漫天假霜虚雪，半空中仿佛撑起了一个看不见的罩子，刀枪不入一般地架住了这几十把剑的下压之威，一声巨响后，火星迸溅，执剑的镜中人一同四散撤退。程潜再不给他们机会围攻自己，他身形如电，手中霜刃轮转不休，九变的“幽微”勾刺转回，剑影如不可捉摸的鬼魅，转瞬便钻进了那人群中。

镜中人太密集，一时近不了他的身，还要互相彼此拖后腿。

程潜蓦地一跃而起，伸手拢过霜刃，好似信手拈来了一把剑气，挥手一兜，“乒乓”一阵乱响，十几面镜子同时碎了，各自吐出一把黑烟，飞快地在空中聚拢。程潜正要收拾那黑影，谁知一见镜子碎了，众多无家可归的镜中人集体发了疯，奋不顾身地再次向他围过来，其中一个身体被霜刃削下了一半，还在纠缠不休。

这一来正好将程潜的去路挡住，再看，那黑气已经消失了。

因为镜中人的不依不饶，现场开始变得十分血腥，才不过短短数息，程潜已经见了“没头的自己”“没胳膊的自己”“少了半个身体的自己”“开膛破肚的自己”……死无全尸的面貌。

幸亏他是块没心没肺的聚灵玉，若是换个内心脆弱的人来，说不定已经被吓哭了。

就在他被众多镜中人绊住的时候，方才消失的黑气顺着墙角溜了下去，钻入了角落里一面巴掌大的小镜子中，镜面明灭片刻，露出了一张黑气缭绕的笑脸来。

程潜大开杀戒地结果了几十个镜中人，溅在脸上的血迹温热泛腥，竟好似活人血。他面不改色地一剑将最后一个镜中人钉在了地上，霜刃的寒气在镜中人身上凝出了一层细细的白霜，那镜中人睁着那双与程潜如出一辙的眉眼，狠戾中似乎还微微带了一点诡谲的笑意。

就在这时，被他忽略的小镜子中突然喷出了一簇黑气，渔网似的劈头盖脸地将程潜笼罩在其中，那黑气不知有什么邪门，竟仿佛要渗进人的骨头缝中，将他每一个关节都牢牢地锁住了。

程潜保持着将镜中人钉在地上的姿势，一动也动不了。

一团模糊的黑影从他身后闪现出来，只听一个不阴不阳的男人声音说道：“哦？你是扶摇派的高人，我认得这把‘不得好死剑’。”

说话间，一只惨白的手伸到程潜面前，虚虚地掠过霜刃剑，仿佛畏惧着什么一样，又抽着冷气缩回手。

他低声笑道：“果然不同凡响哪，程兄，我听说你孤身大闹昭阳城，杀欢喜宗宗主，那欢喜宗大大小小的色鬼们听了，可都叫嚣着要找你报仇呢。”

渗入程潜身体里的黑气随着眼前这魔修的手上下跳动，那魔修好像是感觉火候差不多了，贪婪的目光从程潜身上扫过，笑道：“这一身修为，便都通过镜像给了我吧！”

说完，他猛一拉那黑气织就的大网，好像要将程潜的元神从身体里扒出来——

这一拉没有拉动，那魔修脸色一变：“什么！”

只见一簇寒霜飞快地从黑网末端蔓延出来，原本一动不能动的程潜抬起手，将缠在自己身上的黑网整个扒了下来，冻住的黑网没有重量似的飘在他手上。

程潜轻声道：“你听说过我大闹昭阳城，就没听说过……我不是血肉之躯吗？”

那魔修尚且没反应过来“不是血肉之躯”是什么意思，那黑网便被程潜一拢一拉，陡然变成了一根鞭子，兜头一甩便抽了过来，魔修大惊，转身化成一团黑气飘散出去，落地转瞬已经到了几步以外。

可霜刃的剑意却忽如附骨之疽似的挥之不去，森冷的剑意杀气未退，在满地血肉横飞的尸体中分外吓人。

那魔修仓皇逃窜，一道剑光却从十分诡异的地方“钻”了出来，当场将他前襟开了一条大裂口，险些伤到要害，他倒抽一口凉气，下一刻，周遭涌动起千万条霜刃剑，将他牢牢地困在其中。

魔修猝然回首，看见程潜那张镇定如千年冰潭的脸——那是镜像无论如何也学不出来的。

他好像那些传说中飞升上界的大能，任凭山崩地裂，我自无悲无喜。

魔修见自己已经走投无路，面露狠色，只见他双袖鼓起，黑气上涌，整个人变成了一个巨大的黑桶。程潜毕竟不是专门负责除魔卫道的，交过手的魔修终归有限，没见过这样的手段，等他反应过来时已经来不及了——那魔修将一身的魔气逼入自己血肉之中，身体瞬间爆开，刹那间便将周遭剑影全部炸开，连十方阵四周阵脚落成的墙壁格挡都被那泛着乌气的血肉侵染，“嗞嗞”

地响了起来。

霜刃“嗡”一声轻响，程潜连忙退避，心道：完了，要是这张傀儡符再破，大师兄非要啰唆死我不可。

可下一刻，他手心中那诡异的耳朵形状乍现，将周遭照得一片雪亮，刺得程潜都一时睁不开眼。等他再一看，那魔修血肉竟全被化干净了——魔修大多有夺舍之法，弃肉身元神夺舍之事屡试不爽。

可惜这一回那魔修终于踢到了铁板，他的元神却没能逃走，一声惨叫之后，被笼罩在那白光之下，充满惊惧地尖叫道：“听、听乾……”

随后他再无声息，竟是原地魂飞魄散了。

程潜莫名其妙地站在原地，见手中那不知何时而起的“耳朵”完成这一击之后，又暗淡下去，转眼消失在他皮肉中，好像从未存在过。

听钱？听前……还是听什么玩意？

他本以为只是件普通的阵法灵物，没想到这东西玄机还不小，程潜暗自决定，此事结束之后，他要找李筠或是唐轸问一问清楚。他将赭石给的扳指掰开，透过里面的镜子去窥视外面，只见两排蜡烛中，白蜡烛与代表魔修的蟠龙蜡烛各自灭了一根，这么一会儿工夫，双方已经各死了一个人。

程潜盯着那灭了的白蜡烛看了片刻，不知这是哪一位被牵连进来的大能殒命，修行何其不易，机缘与天分、勤奋与悟性缺一不可，成百上千年方才成就一元神，就这样消亡了吗？

他忽然兔死狐悲，物伤其类。

程潜将扳指扣回手上，继续往前走去，心道：也不知道大师兄怎么样了。

忽然，十方阵中一阵浓雾扑面而起，程潜回过神来，转眼已经被传送到了其他地方。

他心里飞快地转念，忖道："是了，一根白蜡烛灭了，代表有一个魔修也同我一样杀了对手，难不成接下来面对的就是他？"

程潜方才落地，一股暴虐的魔气已经铺天盖地地向他席卷而来，霜刃出鞘时几乎带起一阵龙吟，绵里藏针的一招"上下求索"被他厚厚实实地推了出去，黑暗中好像撞上了什么巨物。

同时，程潜放出去的神识与另一股霸道刚硬的神识当空相撞，程潜心里忽然一震，不管不顾地弹指抽出一条细长的火光，照亮了方圆十来丈远。

只见一道黑龙的影子落地，化成了一个熟悉的人，不远不近地站在他十步开外。

韩渊。

两人一时间僵持住了。

程潜没想到他这么快就遭遇了韩渊，一时沉默不语，他一会儿暗自琢磨着该怎么开口打破僵局，一会儿又不由自主地想起方才那灭下去的白蜡烛。

自己杀了一个魔修，韩渊杀了一个正道修士。

那一刻，程潜忽然意识到，从朱雀塔横空出世至今，韩渊这一路走过来，寸寸染血，步步带着杀业。那些背着师门与同侪血债的人，难道就会善罢甘休吗？

韩渊率先开口道："我还道要等上许久才会遇见下一个人，小师兄杀伐决断，真是不亚于我们这些臭名昭著的魔行人。"

程潜手指一弹，那悬浮在他手上的小小火苗便在半空中炸开，成了一朵莲花状，河灯似的缓缓地漂浮到了两人头顶，将阴森的十方阵照得如同沐浴于月光中。他将霜刃收回剑鞘，寒铁的剑鞘轻轻地磕了地面一下，随即竟在旁边坐了下来，对这当世最大的魔头招招手，说道："过来。"

韩渊站着没动。

程潜问道："你是那个心魔还是韩渊本人？叫韩渊滚出来和我说话。"

"韩渊"冷笑道："韩——渊，总有一天，我会将那废物彻底清除。"

话虽然这样说，他却还是微微闭了眼睛，片刻后，那双泛着红光的眼睛里暴虐之气突然干净了，目光尽管有些躲闪，内里却澄澈了起来。真正的韩渊一声不吭地走到程潜身边，默默地坐了下来，轻声道："小师兄。"

小叫花年幼时，其貌不扬，是个只会出馊主意和傻乐的顽童，长大后依然称不上特别英俊标致。他身材高大，两颊却十分瘦削，一身漆黑的蟠龙长袍，气质总是紧绷的，因为时常一人分饰两角，便又裹上了一层喜怒无常的邪气，看起来倒是有种别样的人模狗样。

程潜仰头看了一眼头顶云山雾绕、压抑非常的十方阵，平静地问道："闹到如今这个地步，你想干什么？"

韩渊没有答话，只是深深地看着他。

程潜又道："当初为什么要跳海而去？为什么要跑去和魔行人混在一起？为什么放任心魔？嗯？"

韩渊垂下头。

程潜转脸逼视着他："唐轸说，若不是师父将师祖不生不死地封印起来，你说不定有朝一日能从他手里拿到北冥之名……你既然这样威风，为什么还要去扶摇山下听山音？”

韩渊突然死死地咬住牙。

程潜用小腿轻轻撞了他一下：“听山音的时候听见了什么？”

这一回，韩渊终于开了口，他声音沙哑地说道：“我听见……不知堂茅屋上的茅草翻飞，师父那张三脚的门规桌子被吹得‘咣当’乱响，有大鸟迎风举翼，羽毛翻飞，我猜……可能是水坑。”

程潜道：“不知堂……师父在不知堂给我们两人一人一个戒辞，你的是‘磐石’，我的是‘自在’，还说入门功课是抄写门规，你要赖说不识字，赖着不肯写。”

韩渊露出一个似哭似笑的表情。

程潜问道：“你说要抽小师妹妖骨的话，是真心的吗？”

韩渊缓缓地抬起头。

程潜道：“只要你说不是，我就相信你。”

小时候他俩一起玩的时候，都是韩渊喋喋不休，程潜爱答不理，偶尔赏光给个“嗯嗯啊啊”的敷衍，现在却好像反过来了，变成了程潜不停地追问，韩渊却惜字如金了。

韩渊听问，再次避而不答，只缓缓地说道：“天衍处自诩端平世道的那只手，树大根深，多年来一直不显山不露水，露出来的却只是冰山一角。”

程潜面无表情地听着，看起来并不惊诧。

韩渊见他这样，便道："哦，看来你知道了，那么看来，师祖之所以入魔，顾岛主之所以冤死的缘故，你也是明白的吗？"

程潜面无表情："我没有问你这些——"

韩渊打断他道："那你知不知道，那天锁仙台中也混有天衍处的人？除了你们这种三五个人四处流浪的落魄门派外，大大小小的门派中都有他们的……"

程潜见他一而再、再而三地顾左右而言他，心里的无名火一下烧到了眉心印堂，压着火气一字一顿地说道："我也没问你这个。"

韩渊不理，兀自道："蒋鹏在外游历的时候，被引入噬魂灯，当时，若他不压制噬魂灯堕入鬼道，便会像那些鬼影一样，成为牺牲品，可你知道是谁将鬼道功法传给他的吗？"

程潜垂在身侧的拳头不由自主地捏了起来。

"当年师父只说，他是葬身噬魂灯下的第一个怨魂，你知道第二个、第三个是谁吗？"韩渊道，"与扶摇山相距五十里，就在太阴山，就在你我现在所在之处，一个名不见经传的小镇，蒋鹏发狂而至，杀村民五十余口……十室九空，只有一户人家将还在襁褓的幼子放入筐中，吊进井里。在井里藏了足足三天，才被沿途经过想要讨水喝的一个老乞丐捞了上来。”

程潜怔住，感觉似乎有什么东西呼之欲出——

为什么天衍处拦截韩渊时，不将斩魔阵当当正正地设在扶摇山旧址，非要在五十里外的太阴山脚下？

为什么天下诸多乞讨儿童，师父当年独独看上了韩渊？

“小孩跟着老乞丐，成了个小乞丐，十多年后，才在一个破庙中懵懵懂懂地被一位真人师父带走，从此他有院子住，有仙鹤玩，有干净衣服穿，还有师兄们每天任他去蹭吃蹭喝，神仙也没有这样快活……”韩渊缓缓地转向程潜，目光落在他的胸口上，半晌，他哑声道，“再后来……一道画魂，什么都没有了。”

韩渊的话说到这里，眼神突然变了，好像那个痛苦挣扎、躲闪迷茫的韩渊再次消失了，暴虐的大魔再次占据了他的身体。他低低地冷笑起来：“他们是端平世道的那只手，我们这些世道上的蝼蚁，便只能任凭那只手搓揉吗？既然大道要这样龌龊的手来端，那我为什么不能叛道而出？反正到了如今这地步，所有人都恨我，没有人会原谅我！”

“没有人会原谅你？”程潜心里一根弦“嘎嘣”一下断了，他一字一顿地重复了一遍，直直地看进韩渊的眼睛，“谁不原谅你？”

韩渊……那心魔充满讥诮地一笑，道："掌门师兄他们不恨我吗？若不是我，扶摇派不至于成为众矢之的，大师兄又怎会因为百年的……染上心魔，在朱雀塔里被我乘虚而入？你呢？你就不恨我吗？杀身之仇，南疆天打雷劈之下，你亲口承认过……"

"大师兄费尽心机想着给你办的那些破事擦屁股，让你能重回门派，你说他恨你？"程潜忍无可忍，吼道，"我若恨你，绝不容你这许多废话，早将你杀了祭剑！"

程潜心里乱成一团，对此事该如何收场的无尽忧虑，对韩渊始终避而不答是否要抽水坑妖骨的刻骨失望，对听山阵中回忆勾起的旧情与回想全部混杂在一起。他蓦地将霜刃丢在一边，像个凡人一样，一拳砸向韩渊的侧脸："你怎么说得出口！"

那也不知是心魔还是韩渊的，未曾提防他这赤手空拳的一顿臭揍，竟被他打了个正着，脸上顿时多了一道可笑的瘀青。程潜一把拎起他的领子，膝盖狠狠地顶在他的腰腹间："我说过多少次要告诉师父，哪次真的告过状？韩渊，你入了魔，就能没良心了吗！"

韩渊眼角泪水模糊了一片，不知是哭了，还是被打了眼眶生生逼出来的。

程潜一下将韩渊推到墙上，撞出一声闷响，他犹不解气，咆哮道："谁不想报仇？就你有血性吗？为了报仇，你就要不管不顾，就要闹得天下大乱，让无数人又因为你，成为和你当年一样的'蝼蚁'吗？报仇你就要抽师妹的骨头吗？那你当年为什么要把搜魂针给她，为什么不趁着她还小，一把掐死她干净！"

程潜心里忽然难受得无法形容，他喘着粗气，踉跄着后退一步，好像被自己难得剧烈起伏的情绪冲得有些站不稳。

他捏紧了被自己打青的手指关节，僵立良久，低声骂道："混账！"

韩渊双手挡在脸前，后脊仿佛被人抽了一根骨头，缓缓地塌了下去，听了这句骂，他顺着墙根滑下去，坐在了地上。

然后毫无预兆地发出了一声难忍的呜咽。

第九章

联手

十方阵里面是怎么个情况，外面是看不见的，太阴山下黑压压的修士们全部屏息凝神地看着阵前那两排蜡烛。

只见那两排蜡烛一会儿这里灭一根，一会儿那里灭一根，灭得人提心吊胆，不过小小一簇烛火，被这样众目睽睽地盯着，无端就生出了些许血雨腥风的惨烈寓意来。

蜡烛一有风吹草动，众人便会跟着草木皆兵。

水坑用力揉了揉眼睛，一边继续不错眼珠地盯着，一边小声道："我这辈子再也不想点蜡烛了。"

阵中，程潜和韩渊相顾无言。

程潜在韩渊旁边默默站了一会儿，心里的怒意便渐渐平息下去了，他想道："若我是他，我能怎样呢？"

想来想去，以他少年时代那尖酸刻薄的性情，想必只会做得更绝、变得更扭曲，只不过是他比较走运，这些事没有摊到他头上而已。

毕竟，世上有几个大师兄那样的人呢?

程潜小时候，觉得大师兄多少有点记吃不记打，做人少了几分极致，长大懂事了才明白，他恰恰是比别人更能承受伤害。断腕而面不改色的硬汉不少见，坦然地在深仇大恨下保持本色的人却并不多。

反正他自觉做不到。

这样一想，程潜忽然觉得自己没有立场苛责韩渊了。

“起来，哭什么哭，骂你混账难道还是冤枉你了？”程潜用脚尖踹了踹韩渊，说道，“这十方阵有问题，我不懂阵法，你好歹也做点有用的事。”

韩渊闷声闷气地问道：“九圣里有吴长天的人？”

“不止。”程潜挑要紧的简单将赭石的传信和他们的猜测交代了。

韩渊面色一变，身体转眼换了个人当家，邪佞地冷笑道：“哈哈，我就知道，这些左摇右晃的大人物们也有今天！”

说完，他脸色又翻回来，变成了正常的韩渊，忧心忡忡地说道：“若你猜得没错，十方阵外如果有其他的阵法，对此阵一定有监控，我们若是妄动十方阵，恐怕会打草惊蛇。”

分明是同一张脸，三言两语却天差地别，基本看不出是同一个人来。

“……”程潜沉默片刻，问道，“你能不要一个人在我耳边七嘴八舌吗？”

韩渊脸上神色飞转，好像两个人在不停地争抢位置，终于，可能是韩渊被程潜一顿毒打揍怂了，心魔赢了。

心魔韩渊掌控了身体，轻慢地说道：“你若有能敛去生气的法宝，让阵法察觉不到你，它可能会当你死了。”

程潜没有那种法宝，但不代表他做不到，韩渊话音刚落，便见程潜低头掰开拇指上的扳指，就这么一会儿，白蜡烛比之方才又灭了两根。

程潜数清了剩下的蜡烛数，身形微微一晃，整个人顿时好像变成了一块石头，要不是韩渊一开始就知道他在那里，几乎察觉不到那儿还有个人。

韩渊震惊道：“你……”

程潜没理他，只是盯着那扳指上的镜面，下一刻，果然见一根白蜡烛迎风一晃，火光灭了。

心魔韩渊伸手探了一下程潜的手背，只觉他身上微温，远比人体温低，这魔物当下露出几分兴味，道：“好功法！你这是怎么回事？”

“拜你所赐，爹生娘给的肉身死透了，”程潜没好气地说道，“只好炼化了一块石头聊以寄居，然后呢？”

心魔韩渊目光闪了闪，脸上微带恶意的笑容却稳如泰山，收回试探的手，他不紧不慢地说道：“既然十方阵认为你已经死了，自然会将其他人传送过来，吴长天根本不想与我赌什么输赢，就想在这里要我的命，他既然安插了他的人，怎么可能不对阵法做手脚？你若是想破阵，便得拿到他手里操控阵法的东西。”

程潜问道：“你既然心知肚明，为什么要答应他？”

韩渊一耸肩，说道：“先顺了他的意，当着全天下打他的脸才响啊，哈哈哈，天衍处偷鸡不成蚀把米，这么一想我就觉得解气。”

韩渊养大的这心魔简直不能以常理推断，他全然不在乎什么好处跟成本，也根本不考虑万一他没打成别人的脸，反而掉进别人的圈套该怎么办，他就是要心里痛快，为了这一时的痛快，什么都干得出来。

程潜叹了口气，跟此人没法讲道理，便道：“你又怎么能知道，下一个来的就是天衍处的人？”

心魔韩渊面无表情道：“开头有一个倒霉蛋，随后又是你，算来，传送到我这儿的人也第三个了，如果这个再不是，那要么是吴长天安插的人先被别人杀了，要么就是他们太磨蹭了——当然，都没关系，要是这个不是，那杀了他再等下一个呗，又不费事。”

程潜无言以对片刻：“……总有一天我会亲手杀了你。”

心魔韩渊听了这话，还挺高兴，大笑道：“死在‘不得好死剑’上，那我可真是三生有幸。”

突然，他笑声戛然而止，只听一侧传来了脚步声。阵法果然将另一个人送来了！

程潜捏紧了霜刃，他万万不能允许韩渊在他面前杀人。可是那人又近了一点，他又忽然觉得有点奇怪，因为来人身上有股浓重的血气，让人一闻就知道是个魔修。

怎么会是魔修？

难道阵法认为，两个同一阵营的人互相之间也会动手？

程潜与韩渊对视一眼，程潜将头顶的灯火卷回袖子，在一阵漆黑中钻到了阴影里。

片刻，一个身着白衣的魔修飘然而至，看着像个翩翩的浊世佳公子。此人也是九圣之一，因为穿着打扮与行为举止都与其他魔修格格不入，程潜对他还有点印象。这魔修入内站定，见了韩渊，也全然没有一点紧张，好像既不意外，也不畏惧，他开口笑道："魔龙大人，咱俩真是有缘分！"

他模样十分斯文秀气，一开口嗓门却如同破锣，还挺响，哇啦哇啦地带着不知哪块粟米地的口音，这一嗓子感觉不像吆喝什么魔龙大人，像在吆喝他们家拉犁的水牛。

韩渊瞥了他一眼："罗正义。"

程潜："……"

叫正义的魔修爽朗地应了一声，迈开大步向韩渊走去，口中道："这阵中还能碰见自己人，正好叫我歇一会儿——哟，魔龙大人，脸怎么还青了一块？难不成刚才遇见了什么硬茬子？"

韩渊眉头微微一皱，阖目不吭声。

如果这个罗正义真的是吴长天安排着要对付韩渊的人，那么顺理成章的安排，难道不是最后阵中只死得剩两个魔修，十方阵破，韩渊以为自己赢了的时候出手吗？这时当不当正不正地出现算怎么一回事，特意通知韩渊此阵有猫腻吗？

电光石火间，程潜想起韩渊说过的，阵外如果还有阵，那么对此阵一定有监控！

那么布下阵外阵的人，这是打定主意要坏吴长天的事？

眨眼工夫，罗正义三步并作两步走到他身边，看起来好像随时能从身上掏出两坛酒，跟韩渊畅饮一番。突然，一道强光蓦地刮过程潜的眼，他眼皮一跳，再一看，韩渊身前一只手竟毫无预兆地变成了龙爪，巨大的鳞片闪着让人胆寒的光，见血封喉的魔气顷刻将那罗正义的半个身体拔了下来。

那白衣书生一半是人，一半成了骨头架子，头重脚轻地挂在一片血肉模糊中，然而他毫不在意地还了手。只见他手上不知从哪里摸出了一只小铃铛，一阵急促的铃声响起，十方阵中蓦地风云突变，韩渊身下突然生出一片血腥气扑面的沼泽。

那铃铛能操控十方阵！

罗正义一边摇晃着手中铃铛，一边伸手捧起自己被掀飞了一半的脸，说道："啧，我这端庄的骨头都露出来了……其实就是吴大人托我办件事，只不过现在和说好的不一样，可能咱俩都被人坑了，我心里也挺委屈——不过跟你解释这些也没啥用，你信与不信都是要杀我的，还是先下去吧！"

话音刚落，韩渊整个被脚下的沼泽拖了下去，他冷哼一声，身化巨龙，长啸一声，整个十方阵仿佛都震了几震。

可什么是阵法？

外有天地之道，譬如水走低洼、烈火融金、生老病死，天地之间的人，无论有多大本领，也逃脱不出这些个大规则。而阵法，其实就是在一定的范围内重设规则，人入阵中，除非破阵而出，否则都要受阵主摆布。

无论魔龙怎样强横，那沼泽就是与他如影随形。

罗正义仰起头，张大了嘴，一半白骨的脸上，下颌骨几乎要自立门户，眉飞色舞地看着韩渊的狼狈。

就在这时，身后突然传来细微的金石之声。

罗正义快要一分为二的脑袋蓦地扭到了身后："什么……"

"人"字没来得及脱口，罗正义连鬼影子都没看见一个，却已经感觉到了扑面而来的霜雪。

这十方阵里闹了鬼吗？

下一刻，他被那闹鬼的剑一剑削去了脑袋，一股黑气蓦地从罗正义漏风的脖子里冒出来，正是他的元神。

程潜见机极快，伸手将尸体手中的铃铛拽了下来，也没打听一下用法，率先自作主张地用力一甩。

十方阵立刻随着他的心意而动，生出一大片罡风，不由分说地将那魔修元神钉在了地上，同时，韩渊也被殃及池鱼，饶是他躲得快，也险些被刮掉一层鳞。地上留下了一个模模糊糊的人影，一行血迹缓缓渗出来，不过片刻，那魔修便形神俱灭了。

心魔韩渊化成人形，舔去手臂上的剐蹭伤，冷笑道：“小师兄这种‘正人君子’，原来搞起背后偷袭来，也能杀伐决断。”

程潜没理他，拎起手中的铃铛比画了一下，不咸不淡地问道：“我要去找师兄，这个怎么用？”

心魔韩渊道：“你将神识没入铃铛中，便能看见整个十方阵……没被人动过手脚的地方，你拿着铃铛，就是阵主，可以随心而动。”

韩渊养大的这心魔嘴有点贱，冷眼旁观地看着程潜不熟练地摆弄那铃铛，他又无事生非地开口道：“你倒是一时也放心不下他——小师兄，你想不想知道朱雀塔里大师兄的心魔是什么？”

程潜面不改色道：“我知道。”

心魔韩渊眉尖一抖，脸上细微的恶意变成了明明白白的惊诧，他默无声息地打量了程潜片刻，道：“那你知道自己的八字命格吗？”

程潜没应声，看起来毫无兴趣。

心魔韩渊道：“你和童如一样，是薄情又冷淡的飞升命，你们这种人最适合修炼，天性坚忍，情关又比别人少开一窍，最易摒除杂念，若是顺从机缘，能成大事……”

程潜不以为然道：“童如成了什么大事？在忘忧谷里烂成一

堆骨头吗？”

“情关少一窍，只是修行中不易被外物打扰，又不是真没有爱憎喜怒，谁让他纵情忘身，自己堪不破的？”心魔韩渊冷笑道，“对于你们所谓的大道，门派算什么？师徒算什么？人情算什么？想成大道者还被这些牵绊，他走火入魔不冤——若是他能堪破三生秘境，没准现在早就飞升上界了。”

铃铛里的十方阵很复杂，程潜一时有些看不懂，旁边还有一个心魔喋喋不休，他顿时手痒，想跟那货再打一架。

心魔韩渊道：“你不好好修你的大道，难不成也要重蹈他的覆辙？”

程潜头也不抬地说道：“我乐意。”

心魔韩渊尖锐地笑道：“那你还装模作样地修什么仙、练什么道？我看你是自甘堕落。”

程潜道：“好歹我没有什么事都让心魔说了算。”

心魔韩渊道：“那你别着急，若你把持不住，失了元阳，看你心里生不生杂念。”

程潜：“……”

这些魔修简直已经龌龊成了日常。

于是这心魔版本的韩渊如愿以偿地又挨了揍，他也不还手，被揍一顿，好像还很欢喜，让人怀疑此人方才之所以出言不逊，就是为了找揍。

程潜的神识在铃铛中翻了个底朝天，一把拎起鼻青脸肿的韩渊，同时粗暴地用手中铃铛撕开了周遭藩篱屏障，两人转瞬到了严争鸣那边。刚一落地，正看见严争鸣面无表情地将一个魔修钉在了地上，剑气直入内府，直接让他元神无处可逃，飞溅的血花四溢，落在他前襟与脸颊上，感觉到阵法中有异动，他蓦地转过头，逼人的杀意未退。

一见来的是程潜，严争鸣飞快地眨了一下眼睛，那双眼睛里弥漫的剑气蓦地散了。他诧异地看了看“姹紫嫣红”的韩渊，问道：“怎么回事？”

程潜将见了大师兄就开始装死的韩渊丢在一边，简单说了说经过。

严争鸣默不作声地听完，便摘下了扳指，掰开内面的镜子，从进入十方阵到此时，可能还不到一个时辰，两排蜡烛几乎灭了一半。

突然，严争鸣好像发现了什么，突然背过身去。

程潜以为有什么问题，忙问道：“怎么？”

便见严争鸣从怀中摸出了一块雪白的手帕，对着扳指上的镜子将脸上的血迹细细擦去了。

程潜："……"

大师兄这臭美大辣椒的毛病，怕是药石罔效了。

十方阵外，一天一宿过去，终于只剩下了一黑一白两根蜡烛。

就在倒数第二根白蜡烛灭了的时候，水坑突然一把抓住了李筠的胳膊，尖尖的指甲掐进了李筠的肉里。

李筠心里也狠狠地哆嗦了一下，可是在师妹面前，他愣是没敢表现出来，只故作笃定地说道："没什么，水坑，你想想，他们刚进去的时候肯定是一对一，用不了多久，下手最快的修士与魔修最有可能互相遇到一起，我猜小潜和师兄他们很快就能碰上四师弟，说不定他们已经有操纵阵法的东西了呢。"

他话音未落，人群中突然传来一阵骚动，只见一群修士站了起来，一同往一个方向望去。

一队飞马当空而降，一圈天衍处打扮的修士簇拥着一辆飞马车，那拉车的飞马个个戴着纯金头面，车身上锦缎绣的九龙好像行将冲破布面飞升而出，而此物绝不仅仅是装饰，隔着老远，李筠竟已经感觉到了那上面与真龙旗如出一辙的气息。

水坑闻声望去："那是什么人？好像很有钱。"

李筠一抬手将她的头按了下去，低声道：“老实在石芥子里坐着。大概是天衍处里收网的来了，可是九龙……难道是皇帝老儿家的人？”

说话间，那车队如同乘了云梯，转眼便到了面前。

游梁皱起眉，在众人窃窃私语中走上前去，对为首一人说道：“玄黄师叔，我和吴师兄奉掌门之命，前来太阴山布阵阻截魔龙韩渊，师叔您……”

游梁顿了顿，犹疑不定地看了一眼那九龙马车，接道：“与三王爷前来，是掌门有什么指示吗？”

那名叫玄黄的中年修士从飞马背上居高临下地看了游梁一眼，说道：“你师兄同我说过，剑修要一心一意清静修行，门派里琐事太多，恐耽误你前程——我看他说得对，游梁，你今日便卸印吧，我知道有几个海外游历的大能剑修，改日不妨带你去见识见识，指不定还有师徒缘分呢。”

游梁脸色一变。

玄黄道：“让路——什么血誓不血誓，和一群魔头定血誓，你们也不怕传出去让人嗤笑吗？来人，统统给我拿下！”

他说话间，天上竟有无数黑点聚集，一大群巨鹰转瞬飞到了近前。

水坑一眼扫见："呀！妖……哎？不对，不是妖修。"

李筠愣了愣："什么？"

水坑皱眉道："这些鹰只不过是凡鸟，不是我妖族中人，恐怕是被人硬灌了丹药，催成妖修的，它们未曾经过修行，灵智不开，稍一训练就是听话的畜生。"

巨鹰神兵天降似的盘旋在了众修士上空，一只竟有小马那么大，领头一只张口便喷出一股火焰，竟与水坑的三昧真火有异曲同工之妙。

火焰落地顿成一片火海，好几个魔修猝不及防，竟被烧得很是狼狈，其中一个来不及逃窜，一沾上那火光，周身的魔气竟都沸腾了起来，不过片刻，已经变成了一锅糊肉。

可那巨鹰归根到底不过是一只凡鸟，怎耐得住三昧真火？

水坑的后腰突然绷直了："不对，它吐出来的不是火，是妖丹！"

巨鹰这一口火烧了个动地惊天，自己的下场却一点也不威风，它吐完火，便极其惨烈地抬头尖鸣一声，周身皮肉如同被抽干，迅速干瘪了下去，被那身固执地不肯收缩的大骨架一撑，活生生地裂了个皮开肉绽。

再一看，那鸟露在外面的骨头已经化成了石头，与皮肉分得干干净净，色泽暗沉，露出了森森的死气，上面刻满了密密麻麻的符咒，还没死透，身体已经先僵了。巨鹰两人多长的翅膀收不回去，重重地砸在地上，死不瞑目。

这些巨鹰宛如昙花，一生只灿烂这么一次，用全部的生命力浇灌了一颗着火的内丹，再义无反顾、前仆后继地赶来送死。它们纵然只是灵智未开的畜生，难道就不知贪生怕死吗？

总有些时候，这世界让人感觉到强权便是公理。

水坑物伤其类，眼角狠狠地跳了起来，那些翻飞的羽毛刺得她眼睛生疼。然而她刚一动，李筠便喝道："干什么，给我坐下！"

水坑忽然感觉到了一股巨大的孤助无援。她一时想，自己为什么不能呼风唤雨，将这些恶人都清理了呢？一时又想，若她真的那么厉害，所有人都怕她，好像也没什么好的，要么像四师兄那样，自己就变成一个恶人，要么像她已经没什么印象的顾岛主一样，别人都憋着劲儿要害她。

她游历人间百余年，头一次生出了些许索然无味的心。

那玄黄见此，嘴角微微一提，说道："很好，阵开吧。"

只听一声巨响，山河变色，整个太阴山的天仿佛被黑幡遮住了，浓云漫布，周遭几座大山隆隆而起，山顶上站满了手举黑幡的人，他们同时跺脚，发出一声大喝，竟如天降之兵，一时间让人不敢直视。

群鹰在滚滚的黑幡下密密麻麻地盘旋，片刻后，又缓缓地向两边让开，只见众人头顶黑幡撤去，一面巨大的镜子笼罩当头，当中影影绰绰，仿佛将千江山水全部映照其中，甚至如海市蜃楼一样，倒映起了模模糊糊的人影。

镜面上陡然射出一道光，兜头将那十方阵整个笼罩了进去。

玄黄漠然道："我听说那魔龙进去了？十方阵已封，他也不必出来了——来人，布化骨阵，多不过七七四十九天，管他魔龙魔凤，都让他化成一颗丹药。"

游梁脸色大变："玄黄师叔，我吴师兄还在里面，我派门规，非掌门令不得残杀同门，你……"

玄黄矜持地冲他笑了一下："师侄啊，你说得一点也没错，既然知道，就快过来拜见你们新掌门吧——吴长天办事不力，还泄露我天衍天机，论罪当诛！"

游梁踉跄着往后退了一步，难以置信地看着这群昔日同门。

那玄黄丝毫也不将这个小小剑修放在眼里，傲慢地拱了拱手，道："诸位莫怕，我等今日是来除魔卫道的，与诸位道友没有干系，只是为防误伤，还请诸位无关人士坐在原地不要动，否则么……"

他低低地笑了一声，整了整自己的袖子，将一双贪婪的目光射向了十方阵，说道：“还愣着干什么？”

玄黄身后立刻有几个修士越众而出，各自手持一道令牌，随着这几人令牌过处，十方阵外的浓雾骤然被吸引着沸腾翻转起来，阵外两根硕果仅存的蜡烛各自狠狠抖动了一下。

方才还让水坑不冲动的李筠这回自己坐不住了。

然而他还没来得及行动，一股极强的神识悍然笼过了整个十方阵，竟强行将那几块令牌与阵法隔绝开来。

玄黄脸色一变：“天衍处办案，何人胆敢拦路！”

只见一个滴过血的八卦盘飞了起来，在空中涨大了百倍，飞快旋转起来，将那几个手持令牌的天衍处修士都甩了出去。

八卦盘当当正正地挡在了十方阵之前，简直是公开叫板天衍，一时举座皆惊，所有人的目光集中到了一处——那痨病鬼一样的唐轸低低地咳嗽了两声，站起来向玄黄一揖到地，口中道：“这位道友，血誓已成，有天地为证，如若你这样强行破开，他们必遭十倍反噬，哪怕你除魔卫道确实值得称道，这些个无辜兄弟的性命呢？”

这时，众人才发现，在场天衍处俨然分成了两派，一派是玄黄带来的，另一派却不约而同地站到了唐轸身后——这些都是与魔修们发过血誓的，两波人中间隔了一条楚河汉界，泾渭分明地面面相觑，随时准备内讧。

玄黄怒道："你是什么东西？"

唐轸面不改色道："惭愧，区区无名小卒，不足挂齿。"

玄黄冷笑："我看你身上有黑影缭绕，看着便颇有鬼修风采，肯定也不是什么好东西，一起拿下！"

他一声令下，黑鸦一样的天衍处修士群起，天上巨鹰同时呼啸而下。

而有一个唐轸带头，一开始被玄黄等人镇住的修士们立刻反应过来。不知是哪个率先喝道："呸，是你们拿着除魔令，威逼利诱将我们聚集到这里，打着除魔卫道的名号，这分明是要借除魔的由头将咱们一网打尽！"

众人哄乱，在场不管正道魔道，谁也不傻，这一行人来势汹汹，分明是不怀好意。玄黄脸上露出一个僵硬的笑容："既然你们敬酒不吃吃罚酒——"

他仰头一声长啸，将整个太阴山罩进来的大阵蓦然发威，无数泥人拔地而起，刀剑不伤，碎了落地，立刻又生成一个新的，扑向场中修士，同时，天空巨鹰仿佛雨点似的奋不顾身而下，将高来高去的修士们牢牢压制在地面上。

已经一分为二的天衍处中人惨烈地战在一处，以命相搏。

那被封死的十方阵外，两根蜡烛就像风暴中的两盏风灯，摇摇欲坠，却始终不灭。

李筠见了此情此景，知道无论如何也不得善了了，他将石芥子一收，沉声对水坑道：“那些鹰纵然是凡鸟，却也有了妖丹，你多少继承过一点妖王之力，能不能让它们倒戈？”

水坑也不废话，当场现出彤鹤真身，随后，着火一般的神鸟冲天而起，好像一道祥瑞的霞光，凤凰九雏的血统崭露无疑，纵然她妖骨未成，十成妖力未能发挥一两成，总是被人追着打，对上未开智的妖修却格外得天独厚。

彤鹤三声长啼，原本奋不顾身的大鹰们听了，队形竟渐渐散乱，随即，它们一只一只地盘旋而落，缓缓安静下来，围在彤鹤身边，刻在它们骨头上的符咒的戾气仿佛一时间被祥瑞化解了。

被压制在地上的修士们立刻得以喘息，战场很快从地面转向了天空。

玄黄一时被大妖的横空出世唬住了，他从飞马上一跃而下，竟亲自向水坑扑了过去。群鹰反水反得非常彻底，立刻对其群起而攻之。

李筠在这混乱中，纵身跳上水坑的后背，身如定海神针一般地站在那儿：“高一点，这个阵法我绝对见过，再高一点，我要推算阵眼。”

水坑越飞越高，李筠将那些漫山遍野的人尽收眼底，疯狂地推算着这阵中之阵。他自己都没想到过，当年妖谷一行被几只小小耗子精吓得双腿发软的少年，竟也有被逼着这样镇定自若的一天。

地面上，年大大奋力将自己的目光从那两根蜡烛上撕下来，他此时一点也不想考虑剩下的两个人是谁。年大大抹了一把脸，举起自己的剑，与冲到他面前的一个天衍处修士连对了三剑，踉跄着连连退却，他周身各种法宝四处乱飞，也不知道是敌人的还是自己人的，以年大大的修为，在这种乱局中只有抱头鼠窜的份。

忽然，他被一把大蒲扇兜头罩住了，蒲扇将几道企图偷袭他的剑气一一弹开，好像保护伞一样地撑在他头上，年大大一回头，见他那圆滚滚的亲爹肃然掐着一个手诀，数把扇子在他的催动下上下翻飞，将明明谷一干修士全部护在其中。

年大大叫道：“爹！”

总是乐呵呵的年明明脸色前所未有的凝重，他撅着将军肚，远远地瞥了一眼天上那分外显眼的水坑，说道：“儿子，你既然已经拜入扶摇派门下，现在便回那边去吧。”

年大大摸不着头脑：“什么？”

年明明喝道："快去！"

年大大想不通他爹的用意，脚下刚一踟蹰，下一刻，他整个人陡然凌空而起，被他爹的大蒲扇一扇扇出了十来丈远。年大大叽里咕噜地滚了出去，摔了个灰头土脸，险些撞到一个人的脚，他一抬头，居然正是那天衍处的游梁！

年大大吓了一跳，连滚带爬地想要离游梁远点，正想嚎叫一声"亲爹啊"，场中却异变陡生——

只见那玄黄一声怒吼，几十只巨鹰在他面前同一时间爆体而亡，水坑不由自主地往后退去，就在这时，一直没动静的九龙马车里突然伸出了一只手。

那手苍白、干净，挽起的袖口上有刺眼的金线刺绣，手中拿着一块巴掌大的令牌。

车里的人轻声道："拖太久了，十方阵恐怕有变，还是速战速决吧。"

他说完，那令牌上忽然射出一道光，极具穿透力，仿佛一瞬间洞穿了成百上千年的夜色——场中数百道人影毫无预兆地暴起，仔细看，那些竟然都是各大门派的人……玄武堂有五六个，白虎山庄有两三个，牧岚山恐怕有七八个以上，大门派里多几个，一些小门派乃至于魔修里甚至也有，这些人年龄不同、修为不同，装束更是南辕北辙，却同一时间遵从了那神秘的令牌，同时挥剑斩向了自己的同门。

没有人防备自己昔日同门，一时间各大门派血流成河，所有人都惊呆了。

他们是天衍处，他们无处不在，他们号称是端平世道的那只手。

当年青龙岛的故事再次上演，早已经混入众人之间的画魂们踉跄着露出狰狞的微笑。

年大大眼睁睁地看见明明谷中一位名不见经传的长老将一根长枪捅进了年明明的胸口。枪杆上无数条符咒炸开，他甚至没能看清年明明脸上最后的表情。

年大大保持着匍匐在地的动作，呆住了。

游梁顺着他的目光看过去，难以置信地低声道：“他们……他们都疯了吗？”

巨鹰群转眼被玄黄屠戮一空，水坑失去了最后一道屏障。

那玄黄目光阴鸷地望了过来，他面容狰狞，周身被血，一时间也不知道谁才是真魔。

水坑彤鹤的身体在细细地颤抖，李筠知道她害怕，值此退无可退之时，他终于缓缓地抽出自己身上摆设一样的佩剑。

李筠还没有元神。

水坑的神识传来："二师兄，大师兄给过我一颗妖王的内丹……"

李筠故作镇定地打断她道："别开玩笑了，百年彤鹤不过是毛都没干的幼鸟，别提消化，光吞下去，三千年内丹就足够让你爆体而亡……唉，你们妖族，纵然活得长，长得可也太慢了。"

水坑带着哭腔问道："那怎么办？"

"我试试看。"李筠舔了舔自己干涩的嘴唇，"每次打架都是师兄和小潜他们上，这回终于也轮到我了。"

水坑急道："可是你又打不过他。"

李筠失笑："师妹，你怎么那么会聊天呢？我要是死了，你不要怕丑，变成麻雀，趁乱躲到人群里，他们不一定抓得到你。"

说完，李筠不等她回答，深吸一口气，从彤鹤背上一跃而下，剑鞘带着他飞到半空中，他手中剑光洁得好像没见过血。玄黄早看出他根本没有元神，完全不将他当回事，一抖袖子幻化出一把长戟，烈火一般向他扑面而来。

李筠大喝一声，剑如长虹——鹏程万里，少年游。

他并不精通剑法，危机之中第一个想起来的，还是扶摇山上师父手把手教过他的第一式。

“师父，什么是剑意？”

“剑意啊，简单说，就是你练这一式的时候，心里想了什么——你想了什么呀？”

“我觉得自己快飞起来了，想出去看看外面都有什么，师父啊，你什么时候带我们下山去玩？哦，对，我还想看看后山有……哎哟。”

“别老想着去后山捣蛋，为师说了你多少次了？破孩子，怎么都不听！”

李筠剑未至，剑风已经义无反顾地撞在了那一片长戟带出的火光中，扑出来的火光好像一片大风划开的火烧云，他内府中所有散漫的真元倏地凝聚一点，一刹那，紫府开，气海生变，元神初成，好像有什么东西在他心里乍然苏醒，天下万千人与物都慢了一拍……

佩剑终于与长戟相撞。

佩剑不敌，断成了三截。

然而残存的剑意却像一缕不羁之风，呼啸着脱离凡铁钝刃，无拘无束地横扫而出，烈火也无法阻挡它的脚步。

玄黄吃了一惊，一时竟躲闪不及，脸上被划了一道半寸长的小口子。

李筠却被那长戟冲撞得整个人往后仰去，径直从后继无力的剑鞘上落了下去，彤鹤忙呼啸一声接住了他，奋力地拍打着翅膀往远处飞去。

李筠胸口剧痛，却不明原因地感觉很痛快，他想道："哦，原来只要不怕疼、不怕受伤，舍生忘死地打一架，居然这样痛快。"

一边这样想着，他一边从怀里摸出了一打符咒，随意看了一眼，便灌注真元，抬手往天上打去，那穷追不舍的玄黄见了，本能地用长戟一拍，符咒瞬间在他眼前化成齑粉，炸出了足有成千上万只着了火的大肚子蝈蝈，一个个悍不畏死地扑向玄黄，下了一场蝈蝈雨。

此物对付大能专用，谁力气大，谁将那符咒打得更碎一点，谁打出来的蝈蝈也就比较多。

这才是李二爷的手段。

李筠心道："九连环就九连环吧。"

唉，打架虽然痛快，但是胸口实在太疼了。

玄黄被他这些层出不穷的小手段弄得烦不胜烦，蓦地长啸一声，他整个人在空中涨大了十倍，好似铁塔，山呼海啸地将他那立柱似的长戟压了下来。

眼看要将水坑和李筠一起拍死在下面。

这时，唐轸终于出手了。

李筠从未见过唐轸出手，印象中那人好像跟自己差不多，虽然博闻强识，但基本也是个耍嘴皮子的，身体也不好，更从未见他拿过什么兵器。

唐轸没有兵器，他用一双肉掌生生架住了那山一般的长戟，那双手仿佛金玉所制，置身烈火中也面不改色。

唐轸头也不回地说道："李道友，你已经算出阵眼了吗？"

险些被拍死的李筠舒了口气，点头道："后天艮位。"

唐轸道："和我推算的差不多——若我没猜错，应该就在那辆马车上，你且去。"

李筠迟疑了一下："那你……"

他话音未落，忽然间唐轸皱了皱眉，那架住长戟的双手发出可怕的"咯咯"声，下一刻，他自指尖到手腕处竟像石头一样裂开了，一声巨响后，唐轸的双手分崩离析。他蓦地退后三步，空荡荡的袖管中却没流出一滴血。

玄黄笑道："我道你有什么神通，原来不过是一具炼化的尸体——"

唐轸低低地咳嗽了两声，一脸命不久矣，口中却说道："人都有死的那天，道友也别着急。”

说着，他袖中一阵暗色涌动，竟生出一双白骨来，长在那温文的男子身上，显得分外可怖。唐轸道：“李道友不必多虑，我还有些手段，快去！”

李筠一直不信任唐轸，因为唐轸这个人完全不能细想，细想太可怕，然而此时除了他，也再没有可指望的人了。

忽然，他听一人叫道：“二师伯！”

李筠低头一看，只见地面扔上来一把剑，正是鼻涕一把眼泪一把的年大大。

李筠一抄手将剑接在手中，果断地对水坑道：“走！”

接着，一个人御剑而上追了上来，正是游梁。

游梁道：“我为前辈护法。”

这两人一鸟，如一道流星般，向那马车飞去。

神鸟彤鹤只有真动起手来，才会发现她修为不高，就外形上来看还是非常唬人的，而游梁再不济也是个有元神的剑修，此时悲恨交加，开路开得势如破竹。

水坑一开口吐出一把真正的三昧真火，那些修士倒是不怕，飞马却吓得慌了神，空中车队顿时四散奔逃。

到了！

李筠心里一喜，一道剑气已经划了过去，将那僭越地绣了九龙的车帘一剑划开，他正要一剑挑开车帘，里面突然伸出了一只白皙到透明的手。那只手拈花似的掐住了他的剑尖，同时，车里的男人抬起头，忽地对李筠一笑，慢声细语地说道：“多少年了，竟也有后辈敢撕我的车帘，精神可嘉啊。”

一刹那，李筠感觉到了一股无法言喻的毛骨悚然——他整日和严争鸣、程潜之流混在一起，虽然知道自己谁也打不过，却从未真正对谁产生过这样刻骨的恐惧感。

这人是谁?

他绝不是什么用丹药堆出来的皇家纨绔。

森冷的杀意在那龙袍男子和煦的微笑中蔓延开去，游梁猛一回头，瞳孔骤缩：“小心——”

李筠的心脏仿佛都被攫住了。

就在这时，他们脚下突然传出一声巨响。

那龙袍人“咦”了一声，惊讶间居然没顾上杀李筠，任他径直掉了下去，被翅膀扇得险些顺拐的水坑连滚带爬地接住。

下一刻，一股冲天的魔气呼啸而起，接着，霜寒的剑意恍如天外而来，剑光到处，九龙马车登时分崩离析，那马车中人旋身而出，无依无凭地悬在半空之中，目光四下扫了一圈，轻轻地蹭了蹭自己的下巴，说道："能从封死的十方阵中破阵而出，几位有些道行。"

从十方阵中破阵而出的三人一魔已经位列四角，将这龙袍男子围在了中间。

严争鸣一手拿剑，一手还拎着他的扇子，对一侧的吴长天道："哎，那谁，你说这自称什么王爷的老妖怪是哪一任皇帝来着？怎么他脸上跟糊了一层白面似的，那些妃子晚上见了不吓死吗？"

吴长天难以理解严娘娘这"物伤其类"的担忧与情怀，脸色难看地说道："严掌门见笑了。"

说完，吴长天上前一揖到地："拜见三王爷。"

程潜冷眼旁观，只觉诡异，心道：哪门子王爷敢穿龙袍？

只见这"三王爷"的面貌可谓是眉清目秀、唇红齿白，那一身繁复臃肿的袍子穿在他身上，竟一点也不显得突兀。他言谈举止间带着某种纡尊降贵似的彬彬有礼，显得风度翩翩，同时，却又昭然未将众人放在眼里。

"哦，免礼。"那三王爷矜持地对吴长天做了个虚扶的动作，他听了严争鸣的出言不逊，却丁点儿也没恼，涵养十足，还颇有气度地问道，"严掌门？恕我闭关太久，不知阁下是哪一派的严掌门？"

严争鸣嚣张惯了，此时见了一个比他还会嚣张——并且看起来嚣张得更加高级的男人，简直就好像大尾巴孔雀遇见了一只比自己尾巴长的同类，心里别提有多不舒爽了，再加上他在十方阵中被关了半晌，当下没一点好脸，皮笑肉不笑道：“哼哼，无名小卒，何足挂齿。”

三王爷的目光落到了他脖子上的掌门印上，“啊”了一声，似乎恍然大悟道：“原来是扶摇的后辈，难怪——我想起来了，这里离扶摇山旧址不远吧？唉，这许多人来实在多有叨扰，严掌门包涵。”

吴长天沉着脸色道：“当年三王爷力排众议，一手建成天衍处，给了我们一个方便行走人间的身份，同门无不感激，我等并非忘恩负义之人，这些年兢兢业业，半点不曾有违当年我们与皇家约定，三王爷此举却不厚道了吧？”

此言一出，从小不学无术的严争鸣与叫花子出身的韩渊都没什么反应，程潜却恍然大悟——他小时候在村里老童生家门口，偷听过老童生讲史，提过天衍处的来历，老童生只说，那时候的先帝不满老百姓们一天到晚光想着修仙，没人干正经事，一怒之下要禁道，最后被文武百官劝住，这才退而求其次，成立了天衍处，专管理修士的事。

程潜记性好得很，至今仍然记得老童生说过，“先帝出身行伍”，但他打量着眼前这“三王爷”，感觉他怎么也不像个出身行伍的模样，便诧异地开口道：“你真是武皇帝？”

“惭愧，”三王爷笑道，“那是吾儿。”

程潜：“……”

好大的辈分！

他当年上扶摇山的时候，这老东西那当上了皇帝的孙子都已经年逾古稀了，程潜竟一时算不出此人有多大年纪了，直到这时，他才感觉到“仙山无日月”这句话的真谛。

韩渊不耐烦地说道：“你管他是谁——方才在十方阵中不是都看见了么，这老东西胃口大得很，想将我们炖成一锅丹药呢，嘿，你说这里有正道，有剑修，有磣牙的石头身，还有我一个大魔头，这也随便一起下锅，你就不怕吃完闹肚子吗？”

当时，十方阵被阵外的化骨阵完全压制，牢牢地封闭了，就算程潜手中有控阵的铃铛也不管用，三个人一边借着赭石的戒指时时关注着乱作一团的阵外，一边在封死的十方阵中没头苍蝇一样地找出路，途中意外遭遇了吴长天，程潜这才知道，十方阵中的铃铛不止一个，而那吴长天不知用了什么法宝，竟也让阵法忽略了他，将他的蜡烛灭了。

此情此景不便内斗，双方只好短暂地结盟，程潜再次放出了真龙旗，集真龙与魔龙双龙魂之力，这才勉强将封死的十方阵撑开一条小缝。几个人看起来救场救得如神兵天降，实际破阵破得好不狼狈。

吴长天一手按在了剑柄上，冷声道："三王爷，你不觉得自己已经走火入魔了吗？"

三王爷转向他，嘴角忽然微微一提，说道："长天，我听说掌门属意于你来当他的继承人，可是真的？不知有些要紧的话，他有没有来得及告诉你？"

吴长天眼角微微一跳："不告诉我，难不成还会告诉你？"

三王爷看着他，一舔嘴角，意味深长地说道："我想知道的秘密，不必听他从嘴里说……唉，你们掌门底蕴深厚，可惜资质平平，到底差了一层。只有童如那样的才算顶尖，至今数百年，再无一人能出其右者。我早就想要童如，可你们这些人呐，却生生将他逼到了忘忧谷，那宝贝尸首至今拿不出来。还有顾岩雪——居然让他宁为玉碎地爆体而亡，算来我已经错过两次了，再不出手就真老了，眼下你们这些人个个只是差强人意，好在人多，我也只好勉为其难了。"

几个人同时听懂了这话中的暗示，吴长天整个人无法抑制地发起抖来。

严争鸣心道："老天，世上真有人能将别人整个炼成丹药吃下去？"

他扫了一眼那红口白牙的三王爷，十分难以忍受——这也太恶心了！

韩渊在旁边直眉睖眼地说道："没有比这再邪魔外道的了吧？邪得我都自愧不如了。"

下一刻，他忽然一变脸，冷冷地对"自己"方才那句话做出点评："闭嘴，蠢货。"

吴长天蓦地大喝一声，一剑向三王爷当胸斩去，三王爷身形如鬼魅，在空中飘摇自在地到处来去，口中道："我吞下你师父全部的道行，你觉得自己比他厉害吗？"

吴长天双目赤红："去死——"

三王爷轻飘飘地一掸袖子，温柔得好像只是拂去面前一株飞花，身影翩若惊鸿，轻而易举地捏住了吴长天带着旋风之力的剑尖。

三王爷低声道："要怪，就怪诸位列祖列宗，错信听乾坤，签下什么愚蠢的十方誓约……"

吴长天双袖鼓起，双掌中发出"噼啪"声，猎猎的风吹得他衣袖翻飞，他搅起了一阵旋涡般的剑风，劈头盖脸地砸向三王爷的小白脸。

此人短短一句话，提到了“听乾坤”和“十方誓约”两个词，程潜心里一动——他早就在疑惑，为什么扶摇派的列祖列宗要和天衍处签下那受制于人的除魔印，还立下与掌门印连在一起的重誓。

难道和那誓约有关系？

方才的阵法叫“十方阵”，誓约叫“十方誓约”，这中间又有什么联系？

在十方阵中，被他手上那“耳朵”弹开的魔修临死前说了“听乾”两个字，当时没明白，现在想来，难不成他想说的就是“听乾坤”？

几个人飞快地互相打了个眼色，然而包括李筠在内，竟似乎没有一个人听懂这两人的对话。

正这当，便听见一声巨响，只见那三王爷一双肉掌，抬手下斩，一阵飓风竟被他凭空撕开，吴长天整个人踉跄而落，险些从剑上掉下去。

三王爷转瞬已经到了吴长天面前，低声道：“长天，我看你学艺不精啊。”

说话间，他那一双白玉似的手已经伸向了吴长天胸口，隔空做了个“抓取”的动作。眼看他要将吴长天活活开膛破肚，游梁大喝一声，飞身扑上，这时，忙着和师弟们挤眉弄眼的严争鸣终于到了。

一道好似要豁开天地、却又黯淡无光的剑影当空落下，三王爷再次徒手架住，两人近距离短兵相接。

这一接触，严争鸣当场就一皱眉。

三王爷双手在木剑下微微颤抖，脸上游刃有余的笑容却一点没变，开口道：“剑神域，好，虽不算顶尖，却也看得过去了，若你再练上五十年……啧。”

严争鸣：“……”

他感觉自己被这白脸老妖怪当成了红烧肉，还是火候不够的！

严争鸣怒不可遏，一身外泄的剑气陡然横斜而出，同时，程潜与韩渊默契地一左一右包围上来，魔气、世上最刚正的剑气与冰潭锻造的杀意同时翻涌而至，顷刻将三王爷淹没其中。

三王爷仰天长啸，广袖一抛，抖开的长袖上好似有一个升平的锦绣年代，程潜顿时感觉霜刃微微一颤，竟有反噬之意，一股阴冷的霜意从剑尖往剑柄处逼来，他内府一时巨震，险些被撞出一口血来，强提一口气，撤剑后退。

其他人也比他强不到哪儿去，那三王爷不知有什么邪门，竟能完整地将所有人的招式吞吃再反噬，严争鸣的发梢被他自己的剑气削去了一小缕,韩渊脸色铁青,眼睛开始泛红,翻涌起了血气。

这时,有人不轻不重地说道:“竟真有人练成了这样的功法。”

李筠一抬头，说话的正是唐轸，唐轸不知用了什么法宝，一双白骨似的手掌中捧着一把蛛丝，竟一时将玄黄困住了，那痨病书生的面孔晦暗不明，轻声道：“曾有人说，修士聚集真元，乃是吸取天地之精，炼化己用，才能锻体炼神，神通广大，长命百岁，因此有一人异想天开——若是能将吸取天地精气而生的修士炼为丹药服下，岂不是能得到此人的功法修为吗？”

李筠问道：“那个人怎么样了？”

唐轸嘲讽地一笑，道：“贪心不足，自然是撑死了。”

他话音未落，那玄黄蓦地挣脱蛛丝而出，长戟拍向唐轸的天灵盖：“恁多废话！”

李筠心念急转——这仿佛与妖族流传妖丹异曲同工啊，他大声道：“小潜，真龙旗——”

真龙旗中龙魂，能将修士灌注的真元数以千计地放大，既然连十方阵都能撬开，他不相信这面口袋还炼化得了！

三王爷的脸色忽然变了，纵身扑向李筠。

水坑扑腾着翅膀玩命地飞，抱怨道：“就你知道的多，把他招来了怎么办——啊！他怎么比鸟飞得还快，大师兄！大师兄救命啊！”

严争鸣：“……”

凤凰九雏周身被火，风姿灼灼，然而她不说话则已，乍一口吐人言，居然这样上不了台面，真是脸都被她丢光了。

严争鸣毫不吝惜地将几千把真元之剑同时放出，将三王爷牢牢困在其中。

三王爷咆哮道：“放肆！”

严争鸣一挑眉：“嗯，是有点。”

程潜喝道：“大师兄，别臭美了，让路！”

他话音未落，一条龙魂蓦地从龙旗中飞身而出，周身结满了细碎的白霜，好似身披碎金一般。

三王爷避无可避，深吸一口气，长袖翻滚，袖口如一口黑洞，竟真将那龙魂吞了下去，他整条袖子立刻被冻硬了，脸上冒出了冷汗，与此同时，程潜手中一沉，只见那龙骨“咔吧”一声，竟然断成了两截。

众人骇然，他竟能吞噬龙魂！

李筠一把抓住水坑脖颈的毛，狠狠一拉："小师妹你吓破胆了吗？别跑了，吁——我说你们别愣着啊，就算吞了龙魂，他也需要时间炼化，还不趁机动手，等他真炼化完，你们还不够人家塞牙缝的！"

此言一出，程潜已经率先反应过来，他一招周而复始横截而出，仿佛风光霁月的一股浩然之气推了过去，三王爷果然被吞下的龙魂掣肘，未敢当其锋锐，正待退开，严争鸣的剑已经当空压下。

有那么一瞬间，韩渊的手在心意之前动了，似是一招将成未成的"鹏程万里"，可是真元还没有送出，他的身体便陡然又换了个主人。那心魔冷笑道："凑什么热闹？你还记得几招扶摇木剑？那三脚猫的功夫就不必拿出来丢人现眼了。"

话未完，韩渊整个人已经化成了魔龙，他蓦地仰天怒吼一声，仿佛要将他胸口百年的郁郁全都倾吐一空，那化骨阵法一时巨震，仿佛也被这股浓烈的戾气和哀痛惊动。

冲天的魔气彻底截断了三王爷的退路。

三王爷的身体骤然隐没，众人只听见一声惊天动地的惨叫。

所有人都自争斗中短暂停息，不约而同地盯着那处。

只有唐轸皱起了眉。

李筠先是松了口气，随后他察觉到了什么，蓦地一跃而起，嘶声道：“小心！”

他话音未落，电光石火间，整个化骨阵的阵眼竟然移动了。三王爷整个人仿佛变成了一道巨大的旋涡，再一次将裹在他身上的剑气、霜寒气、魔气全部吸了进去。

他整个人仿佛已经变成了一个皮球，皮肉像被灌满了水的猪尿泡，撑出了油光——他五官已经变形，双目弹出，皮下似乎有什么东西像蠕虫一样地爬着，看起来分外可怖。

三大高手能拔山分海的倾力一击，真龙之魂，真能被人一口吞下吗？

三王爷伸出被气吹起来的双手，不慌不忙地将弹出的眼珠按了回去，慢声细语地说道：“怎么，列位就这一点本领了吗？那还真叫人失望……”

李筠心里忽然升起了一个可怕的猜测，脱口道：“我知道了，他是阵眼也是阵法，他就是化骨阵！”

“将肉身炼成阵，”唐轸将手中蛛网拉紧了些，“不愧是做过皇帝的人，好大魄力。”

李筠急道：“唐前辈，快别说风凉话了，你见多识广，想想办法！”

唐轸还没来得及开口，只见此方天地竟开始往中间合拢，那三王爷毫不吝惜手下，竟要将阵中所有人一网打尽。

三王爷转向严争鸣，笑道："好剑。"

严争鸣汗毛都竖起来了，阵中风云突变，他方才放出去的元神之剑一时间全都转向了他自己。下一刻，他手中木剑居然无人自动，程潜借着他与木剑的联系，竟转瞬挡在了他身前。

严争鸣失声道："小潜！"

那无匹的剑意到了程潜面前，蓦地转成了与他如出一辙的严寒，转眼将他整个人冻在了其中，他像一只被封入琥珀的虫子，霜刃滚了下去，韩渊正待去接，三王爷袖中却漏出了一道光，转瞬将韩渊与霜刃一同卷了进去。

严争鸣一时如遭雷击，整个人被钉在了原地。下一刻，他见程潜发丝中似乎有白光一闪，自己真元隐隐被牵动，这才回过神来，程潜身上还带着他的傀儡符。严争鸣卡在胸口的一口气方才吐出来，一时间，他胸口后怕得发麻。

天地越来越近，所有御剑在空中的人全部被迫落下，天与地只剩下几丈来高。

就在这时，吴长天忽然甩开游梁扶着他的手，手中掐了一串复杂得让人目不暇接的手诀。

游梁眼睛蓦地睁大，脸上的血色瞬间便褪了个干净。

只见吴长天一手指天，一手指地，整个人忽然在原地消失不见了，片刻后，一个庞大的人影出现在众人身后，吴长天用手脚顶住了不断合并的天地，他身形艰难地一寸寸长高，一寸寸将落下的天幕往上托去。

有那么一瞬间，他好像传说中开天辟地的盘古大神。

吴长天在阵法的虚空中遥遥地与三王爷对视，问道："陛下，吞噬了百代能人，吞噬了天地日月，你就能成神吗？"

三王爷已经不复人形，宽大的锦缎龙袍腰带死无全尸，袍子被他撑成了一个载满了人间锦绣的球，一时间，他连声音都含混不清。

三王爷道："吞噬了大能，我便是大能，吞噬了天地，我便是天地。"

吴长天深吸一口气，突然发出一声动地惊天的大吼，他身形竟一时间暴涨了一丈多长，在地面留下了一个巨大的脚印，化骨阵中的天"噗噗"地发出仿佛漏了气一样的动静。三王爷一声惨叫，一条撑得圆滚滚的手臂终于爆开了。

这时，压抑的剑气自四面八方汇聚而来，严争鸣手中木剑势不可挡地划出一道"极盛"，整个剑神域被他这一剑倾覆，竟与那日心魔谷传承秘境中，那传承人手中让人不敢直视的剑意如出一辙——

严争鸣道："不错，吞噬了日月，你老人家就能飞升成天狗了！"

他还能再吞吗？

三王爷脸上终于露出了恐惧之色。

就在这时，方才将韩渊吞下去的光球里突然裂开了一条缝，随后，属于魔修特有的饱含血腥味的魔气泄露了出来，顷刻将那光球包裹在一团黑气中，随后一声轻响，魔龙蓦地破壁而出，落地化成了形容狼狈的韩渊。

只见他面色不改地一抖自己的蟠龙长袍，冷笑道："竟然是三生秘境，此物不是对付那些拿不起放不下的正人君子的吗？给我这天下第一魔头岂不浪费！"

他说完，袍袖中抛出一物，喝道："接着！"

正是霜刃。

灌注着魔龙真元的霜刃笔直地冲着程潜飞了过去，重重地撞在了那厚重的冰面上，冰面上随即裂开了一道小缝。下一刻，属于"枯木逢春"的剑气从无声无形处泄露了出来，像一把藤蔓，精确地勾住了霜刃剑柄。

扶摇木剑的枯木逢春，只要有一线，便必定有生机——

温柔的剑意将这旷世凶剑拉开，只听一声脆响，真元从那缝隙中一股脑地拥挤而出，顷刻间将整个冰块化成了一堆齑粉。

程潜睫毛上仿佛结了一层霜，脑后的发带冻裂了似的飘落，他长发翻飞，霜刃一肩挑起漫天飘落的雪花，像一个冰冷的罩子，将三王爷牢牢地困在原地。

随即只听一声巨响，严争鸣的剑到了。

吴长天痛苦地大叫一声，同时将化骨阵中的天往上推去。

天地轰然分开，三王爷身上发出爆裂似的轻响，随即竟原地碎成了一把冰碴。

虚假的阵中世界天崩地裂，化骨阵分崩离析。

吴长天的巨影踉跄一步，好像低头看了游梁一眼。

他脸上的表情似悲似喜，随即，整个人忽然凭空消失了，他的肉身化成了一把雾，随风而去。

吹来了好像久别重逢的天日。

似乎不知不觉中，一天一宿已经过去了，又是黎明破晓。

游梁呆呆的，一声都发不出。

劫后余生，不管正道魔道还是天衍处，所有人一时都怔立原地，不约而同地住了手。

韩渊回头看了一眼那早已经消失不见的三生秘境，不知想起了什么，总是在茫然痛苦或是凶戾狠毒中切换的脸上突然露出了一点近乎平静的笑意。

程潜腿一软，用霜刃撑了一下地面，没撑住，踉跄着倒了下去。他手臂已经脱力，一天之内，霜刃差点再次从手中滑下去，被他堪堪抓住了，手背上青筋都跳了出来。

随后，有人一把接住了他。

有人在耳边说着什么，下一刻，一只熟悉的手掰开了他的嘴，给他塞了一粒疗伤的丹药，清苦的味道化成一缕清气，从他头顶百会一直渗入到四肢百骸。程潜这才回过神来，绷紧的身体刹那松了下来，他想：哦，是大师兄。

随即，他紧抓着霜刃不放的手蓦地一松，毫无后顾之忧地任它落了地。